TO

お衣装係の推し事浪漫

沙川りさ

TO文庫

目次

Contents

お衣装係の推し事浪漫

深い黒檀色の革靴の紐を、誠一郎《せいいちろう》はしっかりと結んだ。

まだ硬いそれは足に馴染んでおらず、まるで木製の型にでも爪先を突っ込んでいるような心地だ。この分だと歩き出していくらも経たないうちに、足のあちこちに靴擦れができてしまうだろう。

けれど今は、履き慣れた草履はもう、ここにはない。

紐を二、三度きつく締め、誠一郎は小さく頷いた。そして立ち上がる。

玄関の壁に掛けられた大きな丸い鏡の中に、濃紺の三つ揃えのスーツを着た、十七歳の少年が映り込んでいる。鏡を取り囲む額縁のような豪奢な装飾は、その小生意気そうな目をした少年の姿を、まるで趣味の悪い絵画のように飾り立てている。

父親似の癖のない黒髪を一睨みし、誠一郎は鏡の中の自分から目を逸らした。とにかくスーツが似合っていないことが気に入らない。きっと革靴も似合っていないのだろう。自分で見慣れていないだけかもしれないが。

と――背後からおずおずと声が掛かった。

「兄さん」

振り返ると、二つ下の弟が、こちらを窺うような眼差しで立っている。両手を胸の前で組み、何かを言いたそうに口を開けては閉じ、開けては閉じしている。まだ少年らしい幼さを持つ弟がそういう仕草をすると、周囲の大人の女たちは大抵、かわいいと黄色い声を上げるのだ。だが実兄である自分にとっては、今の状況も相まって、こちらを苛立たせるものでしかなかった。

誠一郎は一応、弟が次に何を言うのかをしばらく待ってやったものの、やがてひとつ嘆息した。その嘆息に、弟はびくりと肩を揺らす。

その仕草に、また酷く苛立った。

「言いたいことがあるなら言ったらどうなんだ?」

我ながら刺々しい言い方だと思った。けれど弟を突き放すためにはこうするしかないのだ。

誠一郎は返事を待たず、床に置いていた大きなボストンバッグを手に取った。そして戸のほうへ向かう。

「ま——待って!」

弟は框を足袋のまま下りてきて、誠一郎に縋りついた。

「本当に、本当に行ってしまうの? 僕を置いて」

誠一郎は再び嘆息した。

弟の、きっちり着込んだ袴姿を見下ろす。大方、稽古の途中で抜け出してきたのだろう。

「俺とお前の行く道は違うんだ、宗二郎《そうじろう》。今までも、そしてこれからも」

弟——宗二郎は泣きそうに顔を歪めた。実際、黒い双眸は涙で潤んでいる。

誠一郎は最後に弟の頭でも撫でてやろうかと気まぐれを起こしかけ、やめた。これが今生の別れというわけでもあるまい。いずれまた撫でてやる機会もあるだろう——陽の光を浴びると金色に透ける、緩やかに波打つ栗色のその髪を。

宗二郎はこちらに向かって手を伸ばそうとした。だが誠一郎はその手を振り払うようにしてすり抜けた。

「……芸の道は険しいぞ。呑み込まれるなよ」

ぽつりと告げたそれは果たして、弟に向けたものか、それとも未来の自分へ向けた言葉だったのか。

誠一郎はずっしりと重いボストンバッグを片手に、歩き始めた。洋舞《クラシック・バレエ》のための靴に、稽古着、伊太利《イタリア》語や独逸《ドイツ》語の歌劇《オペラ》の台本やら譜面やらがそこには詰まっている。

彼は後ろを振り返ることなく、前だけを見つめていた。

母親譲りの、その青い瞳で。


室町の世から続く能楽師宗家から分派した傍流の中で、この帝都において絶大な支持を誇る時村《ときむら》一門。

その嫡男であり、能楽師として将来を約束されていたはずの時村誠一郎は今、自らの未来を自らの手で選び取るために——家出したのである。

第一章　命短し、推し活せよ乙女

人は頭が沸騰するくらい、誰かに対して怒りのような、憤りのような、そういった気持ちを爆発させてしまう瞬間があるらしい。

紬《つむぎ》はまさかその瞬間が、自分のお見合いの場で訪れるなんて思ってもみなかった。

何しろ自分は年頃の乙女、舞台に立つ女優ほど特別美しくなどないけれど、一般人としては器量はそこまで酷くはないはずだ。働きにも出ているからてきぱきと動けるし、頭の回転だってさほど遅くはない自負もある。家のことをするのだって嫌いではない。それに家柄だって悪くないし——否、悪くなかったし、が正解だが——、自分で言うのも何だが、そこそこ悪くはない物件とみていいのではないだろうか。

——それなのに。

紬はわなわなと震える手を胸もとで握りこんで押さえ、目の前にいる人物をきっと睨んだ。

こちらの気持ちなどどこ吹く風で、ふてぶてしい態度で悠々と茶など飲んでいる、目の前の青年を。

内心、紬は思わず頭を抱えた。

（ああ、今日も顔がいい……！）

――そう。この男は、顔がいい。

とにかく紬の好みど真ん中。少し生意気そうにも見える涼やかな目もとも、くっきりと通った鼻筋も、色っぽく浮き出た顔の輪郭も。癖がなく艶やかな黒髪も。

そして何より、まるで西洋の物語の主人公のような、青く澄んだ瞳も。

（造形が尊い……！　というか存在自体が！）

内心で身悶えながら、あくまでも両手を胸もとで握ったままで、紬は己の衝動を抑える。

そうだ。今はそれどころではない。

つい今しがた自分が感じたばかりのはずの、あの頭の沸騰を必死にたぐり寄せる。そうでもしないと自分ときたら、一瞬で絆されてしまいそうになるのだから。

何せ目の前のこの男を好きだった時間というのは、この男を嫌いになってからの時間よりも遥かに長いのだから。

紬は胸の前で握っていた両手を拳の形にし、正座をしている自分の両膝の上にどんと叩きつけた。

隣に座っている両親が、さすがに娘のただならない様子を察知したのだろう、はらはらした表情でこちらを見ている。

（お父さん、お母さん、ごめんなさい。私、私――）

およそ年頃の娘とも思えないほど肩を怒らせ、紬は目の前の男をびしりと指さした。

「私……っ、もうあなたを好きになりませんから！」

人生の晴れ舞台への階段、お見合いの場に現れたその相手に向かって、紬は更に言い募る。

「あなたと結婚なんて、私、絶対したくありません！」

隣から小さい悲鳴が上がったが、紬は息を荒らげて目の前の男を睨みつける。

男はやはり紬の強い眼差しも、突きつけられた言葉すらもまるでなかったかのように、涼しげな顔でこちらを見た。

悔しいことに、その姿すらも額に入れて飾りたいほど、絵になっているのだ。

この男――新帝國劇場の若き看板俳優にして大スタアであり、そして他ならない紬のかつての『御贔屓』――つまり『推し』である、この月城蓮治《つきしろれんじ》ときたら。

＊＊＊

帝都東京の中心、皇居日比谷濠の真ん前に、新帝國劇場は聳えている。

その四階建ての建物はフランス・ルネサンス様式で、重厚で豪華なゴシック様式と、端正で軽やかな印象のルネサンス様式の良さを併せ持つ。白い煉瓦の外壁は陽光に照らされて燦然と輝き、まるで西洋の城のような佇まいだ。

まだ真新しいその劇場の歴史は決して長くはないが、波乱に満ちていた。

明治の終わりに発足した『日比谷唱歌隊』――合唱だけでなく西洋式の歌劇の要素や洋舞を取り入れたその先進的な団体は、当初わずか二十人のところから始まった。最初は温泉を改造した小さな劇場で公演を重ねていたが、時代の波に乗ってたちまち大勢の熱心な贔屓筋を獲得した。発足から六年後には、日比谷の一等地で持ち劇場となる『大帝國劇場』のこけら落としが行なわれるまでになったのだ。多数の専属俳優や社員を擁し、才能ある若い俳優を育てる養成機関『帝國歌劇養成会』も併設された。帝国の舞台芸術の未来を担う人材が集う一大組織へと急成長したのである。

だがその後、帝都の誰にも等しく試練が訪れる。

帝都を襲った大震災だ。

頑強な建物は激しい揺れにも耐えて倒壊を免れたが、襲い来る激しい火の手からは逃れようがなかった。華々しい開場式からわずか五年で、大帝國劇場は焼失の憂き目に遭った。

しかし組織の中枢を担う者たちの多くが被災を免れたのが不幸中の幸いだった。復興景気という時代の波にまたしても乗り、翌年には『新帝國劇場』として復興開場するに至ったのだ。

大日本帝国において、この規模の洋式劇場は、ここ新帝國劇場が初である。映画やラジオ、新聞に雑誌、大衆文化が花開くこの時代に、新中間層や職業婦人の最先端のハイセンスな娯楽として新帝國劇場は日々大いに賑わっていた。こけら落としからおよそ半年、その人気は『大帝國劇場』の頃よりもさらに高まる一方だ。

人気の要因は上演演目の多彩さ——日本の古典芸能から西洋の歌劇、新派劇など様々だ——や水準の高さ、劇場自体の美しさ、食堂や喫煙室などを備え紳士淑女の社交場となっていることなど様々である。

その中に一つ、来場客も、そして劇場関係者も認める大きな要因があった。

（……そうね。私だってそれは認めるわよ、一応ね）

帝都の華たる新帝國劇場——『新帝劇』で働く職業婦人、小野寺《おのでら》紬は半眼で独りごちた。

目の前を様々な裏方たちがせわしなく行き交う。あの派手な口紅の三十がらみの女性は、主演俳優の相手役の女優付きの化粧係。あのスーツ姿の初老の男性は、新作興行の初日公演が成功なのかどうかを知りたくていても立ってもいられず事務所からわざわざやって来た、この劇場の支配人だ。ここ舞台裏の廊下は、公演中は戦場になる。俳優が走り、化粧係が走り、付き人が走り、そして衣装係も走る。

無論、衣装係見習いとして働く紬もだ。

しかし紬の出番はまだ少し後である。なぜならば、紬が担当している俳優は今、舞台裏ではなく舞台上——板の上にいるのだから。

舞台のほうから観客の大きな歓声と拍手が、舞台裏にまで聞こえてくる。そして管弦楽団《オーケストラ》の伴奏が最高潮になり、若い男性の歌声が高らかに響いてくる。

まるで早朝、霧がかかった薄暗い森の中で、美しい湖の傍にいるかのような歌声だ。澄んでいるのにどこか奥深く、無垢さと仄かな色気、そして哀愁を併せ持つような、そんな歌声。

　思わずしばらく聴き入ってしまってから、紬ははっと我に返った。

（この曲が始まったってことは、私の出番はもうすぐね）

　紬は舞台裏の狭い廊下を小走りに駆け、廊下の壁に渡された棹にずらっと掛けられた大量の衣装の中から、目当ての一着を引っ摑んだ。そして舞台袖へと続く扉のほうへと向かうと、そこで待機する大勢の裏方たちの中でも最前列の、一番いい場所を陣取る。

　なぜなら紬が担当しているのは、この新帝國劇場の看板俳優なのである。

　紬は左手首に腕輪のようにはめた針山に、まるで願掛けのように一度触れて、息を呑み時を待つ。舞台上では歌が終わり、曲が終わり、場内が割れんばかりの拍手に包まれている。それとほぼ同時に、扉の前で待機していた裏方の一人が扉を開く。ここを通って舞台裏に戻ってくる俳優が、一秒でも迅速に動けるようにだ。重厚で密閉力の高い扉が開かれたことにより、客席の歓声や拍手がより迫って響いてくる。それはまさしく、今舞台上にいるのが他ならぬこの劇場の看板俳優なのだと――帝都を代表する大スタアなのだということを示していた。

　新作公演の最初の山場シーンが大成功を収めたことにより、舞台裏の裏方たちの間にも喜びや安堵が溢れる。「やっぱりうちのスタアは格が違うね」などとこそこそ話し合っている者たちもいる。

だが紬だけは、喜んでなどいられなかった。

頭の中でゆっくりと、冷静に時を数える。

（次の曲の前奏が始まって二小節で舞台上からハケ始めるはず）

扉の外、舞台上からは、次の曲の前奏が流れ始める。

（舞台袖から走ってこっちに戻ってくるとして、最終リハーサル《ゲネプロ》と同じ時間ならあと十秒。

……五、四、三）

紬は両目をかっと開き、衣装の上着を持つ手に力をこめた。

（――二、一！）

その瞬間、扉の外から勢いよく駆け込んできた。

美の妖精が。

（……って違う！）

「蓮治さん！」

紬が声を掛けると、それをわかっていたように美の妖精がこちらに向かって衣装の上着を放り投げてきた。舞台袖からここに辿り着くまでの間に既に脱いでいたものだ。紬はそれを手を使わずに肩で器用に受け止める。隣で待機していた扉係の男性が感心したように、おお、と歓声を上げた。

紬があらかじめ広げておいた上着に、美の妖精はこちらに背を向けて素早く両腕を入れる。紬はさっと彼の正面に回り、襟回りや裾を整え、装飾品に不備がないかを瞬時に確認する。

「問題ありません！」

客席に声が漏れないよう小声で、しかし相手に聞こえるように鋭く、紬は告げる。

すると美の妖精はその青い双眸をすっと眇め、薄く紅を引いた形のいい唇をわずかに歪めた。そのまま物語のような甘い愛の言葉でも囁きそうな美しさで告げてくる。

「お前の眼は節穴か？」

鋭い言葉に、思わず紬の背筋が硬直した。首でも痛めそうなほど体を強ばらせながら、たった今耳を疑うような言葉を投げつけてきた美の妖精を見上げる。彼の要望を漏れなく聞き取るために。

「次のシーンまでに袖飾りの位置を直せ。小道具と干渉する」

そっけない、あまりに短すぎる言葉。紬は頭を最大限に回転させ、必要な情報を読み取ろうとする。

『次のシーン』とは、同じ衣装を着用するシーンのことだ。そのシーンは二十分後。それまでの間に袖飾りの位置を、手持ちの小道具と触れ合わない位置まで直す。今朝までは何の問題もなかったはずの袖飾りの位置を。

では今朝、何があったか。昨日までと違うことは。

今朝、件の小道具を使用する蓮治の相手役がうっかり手を滑らせ、小道具を落として壊してしまった。そのため本番では代替となる新しい小道具を使用しているのだ。

それが衣装と干渉するとはまったくもって盲点だった。

「わかりました！　すぐに！」

短く答える。二十分後には蓮治はこの衣装を着用して舞台上にいなければならないのだから、かなりギリギリだ。直した袖飾りが本当に小道具と触れ合わなくなっているかの確認もしなければならない。

急に目の前に現れた大仕事に冷や汗が出る。何だか手まで震えてきた。

そんな紬を意にも介さず、美の妖精は舞うように踵を返した。

「俺の衣装係ならこの程度のことは言われなくてもやれ。突っ立って着替えさせるだけなら婆やでもできるぞ」

そう告げると、今来た扉を再び通って、舞台袖のほうへと駆け去っていく。

扉係の男性が、扉を閉めながら居心地悪そうにこちらを見ている気配がした。

一応、礼儀としてそちらに微笑みかけ、紬は扉に背を向ける。肩で受け止めたままだった衣装を摑むと、それを床に叩きつけたい衝動に駆られながらも辛うじて堪え、地団駄を踏むように歩き出した。

怒っている時間はない。次の早替えは上着だけではなくズボンも靴もだ。それに衣装付き通し稽古《ドレス・リハーサル》では装飾品が引っかかって取れてしまった問題の衣装でもある。気を引き締めて準備に臨まねば。彼が再び舞台裏に駆け込んでくるまで。それと同時進行で、時間制限つきの手直し作業もしなければならないのだから、いらいらしている時間など一秒もない。

そう頭ではわかっていても、むかつくものはむかつくのだった。

(――誰が婆やですって!? ああもう、腹が立つ! 今日も一段と大っ嫌い!)

彼が脱ぎ捨てた衣装に残る体温を感じてときめいていた頃の、健気でおぼこい自分に教えてやりたい。

あなたが夢中になって追いかけている美の妖精は、実は皮肉屋で傍若無人で、とんでもなく嫌な奴なのよ、と。

(腹が立つ、腹が立つ――!)

――だけど一番腹が立つのは、いまだ彼の姿を美の妖精だと認識してしまう、自分自身にだ。

見目麗しく確かな実力を持つ、この新帝國劇場の看板俳優にして大スタア。

そして紬が衣装係見習いとして担当する俳優である、あの月城蓮治のことを。


誰にだって夢見る少女の時代があるものだ。

目に映るものすべてが美しく、そこに裏側の顔が潜んでいるなどとは思いもよらない。

三年前――まだ十六歳だった紬は、まさしくその夢見る夢子さんだった。

その年、『大帝國劇場』界隈は大いに盛り上がっていた。附属の養成機関である『帝國歌劇養成会』に二年前に入所した当初から「将来は看板スタアに」と目されていた俳優が、満を持していよいよ初舞台を踏むと大々的に宣伝されていたからだ。養成会の研究生として修行を積んでいた間にも、国内外の熱心なファンたちから「彼のデビューはまだなのか」という問い合わせが日々殺到していたというほどの逸材である。

才能の塊、美の化身、帝国の舞台芸術発展の要――。

数多の言葉で賛美される彼については、舞台好きの間だけでなく、普段舞台を観ない層の間でも大変な話題になっていた。

女学校を卒業したてで嫁入り先もまだ決まっておらず、自分のゆくべき道を探しながらもいまだ見つけられずにいた紬も、舞台好きの友人から熱狂的に話を聞かされた人間のうちの一人だった。曰く、その将来を目された『彼』に合わせ、日本の伝統的な芸能を重んじつつも歌劇や洋舞などの西洋の芸術を積極的に取り入れた、和洋折衷の斬新な公演が行なわれるのだそうだ。これまで古典芸能は古典芸能、歌劇は歌劇と分けて演じられることが多かった中でこれは画期的な試みだったし、しかもそれが一人の研究生のデビューにわざわざ合わせて行なわれるというのは大変なことだった。他の乙女たちの例に洩れず先鋭的なものに憧れていた紬は、すぐに興味を持って、その友人に連れられて件の公演『ノルドの死神』を観劇したのである。

それが沼への入り口だった。

ただの気のいい同級生だと思っていた友人は、こちらを沼へと誘うやり手の水先案内人だったのだ。

その公演で初舞台の新人にして初主演に抜擢され鮮烈にデビューした、約束されし未来の大スタアこそが、当時十九歳だった月城蓮治だったのである。

彼は研究生として二年間修行を積み、その間ずっと首席を守り続けてきた天才だった。研究生たちは寮で暮らしながら、朝から晩まで、声楽に洋舞、日本舞踊に芝居、果ては東西の演劇史に至るまでを徹底的に頭と体に叩き込まれる。噂によれば、休みらしい休みは三ヶ月に一度、それも一日だけらしい。そんな演劇漬けの生活を二年間続けた精鋭たちの中でずっと首席で居続けたというのだから、紛れもなく誰もが認める実力を持つ俳優なのだ。件の友人は「最近は見た目ばかりで実力がいまいちな俳優も増えてきた」などと訳知り顔で語るが、だからこそ蓮治が実力を認められて主役に抜擢されたのは、観客にとっても、そして何より同業の役者たちにとっても非常に意味のあることだったのだろうと想像がつく。

幕が開き、舞台に登場した蓮治は、この世のものとも思えないほど美しかった。

ただでさえ整った目鼻立ちに、すらりと背が高く、物語の中の住人のような青い瞳。黒髪に銀色や深い青の毛束が幾筋も通った長髪の鬘《かつら》は、まるでその髪を持って生まれたかのように彼に似合っていた。

美しい姫の命を狙う氷の死神、という難しい役どころを、蓮治は堂々と演じきってみせた。

そして紬はまんまと、その冷たくも情熱的な眼差しの虜になったのだ。

何しろ蓮治ときたら最初から紬の好みの顔立ちだった。そこに圧倒的な実力で殴られるように歌と踊りを畳みかけられ、優雅な所作と涼やかな流し目という魅力の緩急に翻弄された。

沼入りしないわけがなかったのだ。

沼に入らずにいられる理由があまりにもなさすぎた。

めでたくここに、推し活にありったけの情熱と生活のすべてを捧げる乙女が爆誕したのである。

生まれて初めてできた御贔屓──『推し』に、紬は急激に舞い上がった。その胸の高鳴りや衝動ときたら、手綱を付けられていない暴れ馬そのものだ。父親に頼み込み、大帝國劇場に通い詰める日々が始まった。この頃はまだ、暴走する娘に日々の観劇切符《チケット》を買い与えてくれるだけの余裕が父にはあった。

劇場に通ううち、同じ趣味を持つ友達が何人かできた。彼女たちと一緒に観劇後にカフェーに行っては、公演の感想を語り合ったり、自分たちの『推し』の魅力を熱っぽく論じたりした。彼女たちにも研究生上がりの俳優たちの中にそれぞれ『推し』がいて、一番人気はやはり圧倒的に蓮治だった。贔屓目を除いても蓮治の人気は公演を重ねるごとにうなぎ上りで、劇場には蓮治目当ての女性客が連日詰めかけた。楽屋口の前は公演前後に蓮治をお見送りしようという女性客で溢れ、蓮治の出入りの際には警備員まで配置された。

だが蓮治の快進撃は直後、その勢いをがくっと落とした。

デビュー公演が大成功のうちに幕を下ろしてから約三ヶ月後。周囲の期待が膨れに膨れ上がった第二作目の公演『桜の下の初恋』で、蓮治は舞台上で大きな失敗をしたのだ。それに引きずられるようにして、その後の公演でも小さな失敗が続いた。

急激に燃え上がった炎は、急激に燃え尽きるものだ。この失敗を境に、蓮治の贔屓筋《ファン》は潮が引くように離れていった。衝撃的だったデビュー作ほどの当たり役に恵まれなかったことも大きな理由だった。女性ファンたちの多くは夢から覚めたように、その舞台で当たり役を演じた二番手の俳優に乗り換えていった。

彼女たちは蓮治ではなく、あの氷の死神のことが好きなだけだったのだろう、と紬は憤った。なぜなら紬からすれば、二作目の舞台で演じた役は確かにデビュー作よりは地味な役どころだったけれど、そういう役だからこそ蓮治の確かな実力がなければそもそも舞台が成り立たない、つまり蓮治が持つ圧倒的な力を証明していたと言っても過言ではない役だったのだ。確かに舞台上での失敗は目立ったものの、それだけ技術的に難しい踊りや歌を任されていた役でもあった。

実は当時、紬は蓮治に、自分の思いの丈を直接伝えたことがある。

その頃、楽屋口のお見送り隊は、二番手俳優目当ての女性客ばかりになっていた。蓮治を見送ろうと待っていたのが紬一人だけだったという日もあった。そんなことが続いていたから、あるとき蓮治は、二番手俳優の陰に隠れるようにして、そそくさと楽屋口から出てきたのだ。

まるで自分の存在を誰にも気取られまいとするかのようなその振る舞いに、紬は居ても立ってもいられなくなり、思わず彼を追いかけてしまった。これはお見送りにおいては明らかなお作法違反だった。目当ての俳優を走って追いかけるなど、同じファン同士からも白い目で見られるような恥ずべき行為なのだ。紬ももちろんそれはわかっていた。

けれど、どうしても足が勝手に動いてしまった。

立ち去る蓮治の横顔が、まるで泣いているように見えたから。

紬は蓮治の背中に駆け寄り、思わず呼び止めてしまってから、蓮治が振り返るまでのほんの数秒の間に、我に返った。

俳優を追いかけて声をかけるような礼儀知らずのファンだと思われたくない——一瞬の間にそう思い、通行人を装おうかと今さらながらに考えた。

が、振り返った蓮治の青い双眸が、まず紬の顔を見、そして紬の帯留めの花飾りを見た。なぜなら、確かに否応なく見た者の目線を奪ってしまうほど、存在感のある花飾りだったからだ。

十六歳の乙女らしい淡い色合いの可憐な着物には不似合いな、鴉の羽のように真っ黒な薔薇の帯留め。しかもそれが子どもの頭ほどに大きい。更にその花びらを青いビーズやスパンコールで派手に飾っているのだから、有り体に言えば悪目立ちしていた。

実はこの帯留めは紬お手製の自信作だった。誰あろう蓮治のことを思い描きながら作ったのだ。細々とした作業は昔から好きで、裁縫は特に得意だから、蓮治を思い起こさせるような何かを作って身につけたいと考えた。『我こそは月城蓮治のファンだ』という自負を目に見える形で身につけたかったのだと言ってもいい。それで蓮治の美しい黒髪と青い双眸を想起させる色を、彼に似合いの大輪の薔薇の意匠に入れたというわけだ。

その後その趣味が高じ、めきめきと裁縫の腕が上がり、ついには黒地に青の飾りを入れた着物を縫い上げて劇場に赴くまでになるのだが、ともあれそこに至る道の第一歩がこの帯留めだったのである。

蓮治は、自分に声を掛けた少女が明らかに自分のファンであるということに気付いたようだった。というより、気付かない人間などこの帝都中探してもいないだろうとは思うが。

そして当の紬はというと、目の前の美しい人に見とれるあまり、半ば魂が抜けていた。

実際、後から思い返してみれば、あの数秒間は心臓が止まっていたと思うし、呼吸は確実にしていなかった自信がある。

今ここには紬と彼しかいない。かつて彼を取り巻いていた大勢のファンは今、ここにはいない。

彼は今この瞬間、他の誰でもない、紬だけを見ている。

そのことに気付いた瞬間、紬は、倒れた。

それはもう見事に、後ろにばたんと倒れた。

美の妖精が慌てて駆け寄ってきた。それはそうだろう。自分に声を掛けてきた人間が次の瞬間目の前で倒れたら、誰だって大慌てだ。

紬は動転していてそのときの記憶をほとんど覚えていないが、真上に彼の美しい顔があって、肩のあたりを何か温かいもので包まれた感触があったから、恐らくは——都合のいい妄想か夢でなければ——彼に抱き起こされていたのだろう。そんな現実離れした状況を俯瞰して見ることはおろか、咀嚼することなどそのときの紬にできるわけもなく、紬はただただ彼を見上げ、そして件の思いの丈を並べ立てた。

開口一番、こう告げた気がする。

「あなたは、私の人生を照らす光そのものです」

その瞬間、彼の美しい青い目が見開かれた気もする。夢や幻でなければ。

その瞳に反論の色が浮かぶよりも先に、言葉は次々に口をついて出た。

「いかに蓮治様が素晴らしい役者なのか、私は帝都中叫んで回りたいです。だって私みたいな演劇の教養のない素人の心にまで、あなたの舞台は届いているんですよ。ちょっと失敗が続いたくらい何ですか。そんなことであなたの芝居や歌、踊りの素晴らしさを評価しなくなるなんて。大体、みんなが評価しなくなったからといって、あなたの価値が落ちるわけじゃありません。あなたの存在が、私には必要なんです。あなたの輝きのお陰で私の人生も輝いているんです！」

そんなような脈絡のないことを、朦朧とする頭で早口で口走った気がする。定かではない。後から自分で都合よくねつ造した、ありもしない記憶かもしれない。それほどあの時は意識すらもあやふやだった。

せっかく推しに抱き起こされていたと思しき状況だったのに、倒れた衝撃でどうやら頭を強く打っていたらしく、誠に残念ながら蓮治の顔をはっきりと見ることは叶わなかった。そのうちにいつの間にか意識をすとんと失い、次に気付いたときには、大帝國劇場の事務室のような部屋の長椅子に寝かされていた。

無論、蓮治はそこにはいなかった。劇場の従業員らしき人が心配して、病院に行くかと問うてくれたが、何だか急激に恥ずかしくなって固辞した。礼だけ言い、逃げるようにしてその場を立ち去ったのだ。

――もしかすると本当に、都合のいい妄想か夢だったのかも。

今でも紬はあのときのことを思い出すたび、そう思う。

……月城蓮治という俳優の裏の顔を知ってしまった今となっては、「あの月城蓮治が倒れた婦女子を助け起こしてくれる優しさなんて持ち合わせているはずがない」という意味になってしまうが。

ともあれ当時は、いい意味であの記憶を夢のように感じ、その思い出を日々反芻しては、順調に蓮治への想いを募らせていった。

自分がひょっとすると相手からすれば気持ち悪いことを口走ったかもしれないという可能性には、とりあえず蓋をしておく。

蓮治の概念色を取り入れた服飾小物を手作りして観劇に通う一年近くの日々の果てに、いよいよ件の黒地に青の飾りを入れた着物を縫い上げた日、紬の中に雷のような衝撃が走った。

――私の進むべき道はこれかもしれない、と。

日頃劇場に持参していた自作の服飾小物たちも、観劇友達の間でその意匠や始末の細やかさが評判になるほど出来がよかった。時には「材料費と手間賃を支払うから私の分も作ってほしい。お礼にお茶もご馳走する」というような申し出まで受けていたほどだ。ついには衣類まで自作し、しかもそれが我ながら素人とは思えない素晴らしい出来だった。

ひとたび興味が湧いてしまえば、街中に溢れる求人広告が途端に目につき始める。しかしそう都合よく条件のいいお針子の募集など見つからなかった。そうこうしている間に蓮治は素晴らしい舞台を重ねてめきめきと名誉を回復し、劇場は再び蓮治目当ての女性客で溢れかえった。紬も忙しく推し活する傍ら職探しをするという充実した日々を送っていたが、それも震災で一時途絶えてしまった。

劇場が焼失したと聞いたときにはこの世の終わりかというほど絶望したものだが、大災害はある意味、一筋の蜘蛛の糸を紬にもたらした。復興景気の恩恵だ。

新しく建て替えられた『新帝國劇場』がこけら落としにあたり、寮に住み込みで働く衣装係を至急募集している、との広告を紬は目にしたのである。

募集広告には小難しい文言が並べ立てられていたが、要は「ものすごく急いでいるからとにかく今すぐに即戦力が欲しい。経験は問わない」とのことだった。採用試験は課題の作品を規定の時間内に制作するという、本当に実技の腕だけを試される内容だった。経歴のない紬にはまさに願ったり叶ったりだったのだ。

そうして紬はめでたく実家を飛び出し、憧れの新帝國劇場で働く職業婦人という身分を手に入れたというわけだった。

——ただし現実はそう甘くはなかった。

推しが働く劇場で、衣装係見習いとして働く。

ファンからすればこの上ない大成功を収めたと言えるはずだ。衣装係とはいえまだ見習い、スタア俳優たちの傍で仕事ができなくても、劇場内ですれ違う機会くらいはあるだろう。仕事を懸命にがんばって腕を磨いていけば、いずれはスタア俳優たちの衣装制作に携われる機会も訪れるはずだ。そう信じることは紬の意欲を高めたし、未来への期待と高揚感で胸がいっぱいになった。

だが紬は新帝國劇場で働き始めてすぐ、劇場側があれほど急いで即戦力を採用したがっていた理由を悟った。

紬は採用早々、月城蓮治の担当としてつくことを任じられた。こんなに早く推しの担当になれるなんてと舞い上がったのは一瞬で、すぐに冷静になって考え直した。どう考えても、現場で働いた経験のない新人が主演級の大スタアの担当なんておかしい。ただでさえ鳴り物入りでデビューした看板俳優、その後人気が少し低迷した時期はあったものの、この頃にはデビュー舞台の何倍ものファンが彼にはついていたのだ。

一度挫折を味わった薄幸の美青年、という肩書きが、どうやら蓮治を更に魅力的に見せたらしい。

そんな状況だったから、紬は当初、劇場側は本当にこの復興景気で猫の手も借りたいほど忙しいのかと思っていた。大スタアの蓮治にはきっと何人もの衣装係がついていて、自分はその中の一人で、彼担当の正規の衣装係の助手のような働きをすればいいのだろうと。

実際その認識は、前者の多忙さのほうは大きくは間違ってはいなかった。

間違っていたのは後者のほうだった。

舞台裏の蓮治はまるで王様のように傲慢で、傍若無人で、だからもともと彼についていた若い衣装係見習いたちが耐えられなくなり、揃って逃げ出してしまったというのだ。

紬はその事実を知った瞬間は、さすがに衝撃で立ち尽くしてしまった。

二年もの間妄信的に追いかけていた美の妖精が、実はとんでもなく冷たくて感じの悪い奴だったなんて。

蓮治の担当につく前、様々な従業員たちが蓮治のことを陰で「うちの大スタア様」と呼ぶのを耳にした。紬は当初それを無邪気に「同じ職場で働く人たちから見ても蓮治様はスタアなのね」と受け止めていたが、今となっては呑気な自分の頬を叩いて現実に引き戻してやりたい。あれは舞台裏で王様のように振る舞う彼を揶揄していた皮肉だったのだ。

忘れもしない、蓮治専属の衣装係としての初仕事の日。緊張と不安と、そしてそれ以上の胸の高鳴りとを何とか押さえつけながら、紬は蓮治の楽屋へ向かった。

紬にとっては上司であり師匠である衣装係の長は、梶山《かじやま》という年嵩の女性だ。彼女は自身の意向通りの衣装をできるだけ自身の手で作りたがる職人気質で、毎日大変に多忙である。彼女の弟子達や、紬のような見習いたちが彼女の手足となり、大きなことから小さなことまで補佐するのだ。そして彼女に仕事ぶりが認められた者は、自分の手で衣装や小物を一から作ることを許される。がんばれば意匠さえも任せてもらえるようになるのだという。一人の職業婦人としての自分が目指すべき高みはそこだ、と紬は心密かに誓った。

即戦力として雇われた衣装係見習いとしての自負と、職業婦人としての確固たる矜持を、紬は新人ながら、自分でも驚くほど備えていた。

——これもきっと蓮治様のお陰だわ、と、楽屋へ続く廊下を早足で歩きながら紬は微笑む。

恵まれた容姿や生まれ持った才能に甘んじることなく、日々自己研鑽を積み、役者としての自分に矜持を持って磨き上げ、忍耐強く努力を重ね、そして舞台に立つ。観客が見るのは湖面を滑るように泳ぐ優雅な白鳥の姿だ。水面下でその両足がどれほど激しく動いているかなんて、客席から見えることはない。

紬は湖面の美しい白鳥の姿にも、水面下で必死に水を掻く両足の存在にも、その両方に強く惹かれたのだ。

自分の推しがそんなふうに誇り高く生きているのだから、ファンたる自分もそれを見習わねばならないというもの。

そして紬にとっての自己研鑽の日々の始まりとなる場所が、まさにこの廊下の先にある蓮治の楽屋なのだ。

仕事中は絶対にスタアとファンではなく、真剣に働く職業人同士として接しようと、紬は心に決めていた。

……とは言っても、紬はまだ十代の夢見る乙女。恋い焦がれる相手を前にして、そんな高尚な思いが一瞬だけ情熱に呑み込まれてしまったとしても、誰も彼女を責めることはできないだろう。

蓮治の楽屋に到着し、暖簾の外から「月城さん、失礼します」とかけたその声は、紬自身が聞いても恋する乙女のものだった。

蓮治は基本的に呼ばれても返事をしないから、返事をしないときは勝手に楽屋に入っていい、とは先輩の言だった。嫌なときには嫌だと言うからその時は言うことを聞けばいい、と。その時点で紬は「ん？」と思いはしたのだが、そのときはまだ蓮治に対して盲目的だったので、その違和感を流してしまっていたのだった。

果たして楽屋の中から返事はなかったので、紬は緊張で爆発しそうな胸を両手で押さえながら暖簾を潜った。

中は畳敷きで、個室の楽屋としてはかなり広い。壁の一面が大きな鏡張りになっていて、その反対側の壁には化粧台と、これまた鏡が設置されている。部屋の真ん中には四角い卓があり、座布団が四つ。卓の上には豪華な仕出し弁当や、山のような差し入れのお菓子、急須や湯飲み、水差しに硝子のコップが所狭しと置かれている。部屋の壁際には大きな胡胡蝶蘭などの花の鉢がずらりと並べられており、どの鉢にも差出人の名札がついていた。どれも大きな会社だったり有名人だったりと錚々たる名前ばかりだ。

花のいい香りが充満したその部屋の中、化粧台の前に置かれた座椅子の上に、蓮治は腰掛けていた。

思わず立ち尽くして息を呑んでしまうほど、その姿は美しかった。

舞台上の蓮治が美しいのは、本人の芝居や衣装に化粧、舞台装置や照明、その他のあらゆるものが彼を美しく見せるように計算し尽くされているのだから、謂わば当たり前のことだ。

だが舞台化粧を施される前の素顔で、鬘も被らず、藍鼠色の着流しをさらりと纏っている、その横顔の美しさときたらどうだ。

（――美という概念の擬人化っ!!）

顔を覆って座り込んでしまいたい衝動を何とか堪えた。

紬の初仕事の内容は、今度新しく追加されることになった衣装の仮縫いのために、蓮治を衣装の制作部屋まで連れていくことだ。針と糸を触らせてもらえるのはその後である。

単純な作りの衣装であれば、仮縫いの状態のものを道具ごと楽屋に持ってきて、この場でぱぱっと着付けてしまうこともできる。だが衣装係たちが今作っている衣装は、細かいビーズなどの部品がたくさんついており、繊細なレースもふんだんに使われている。しつけ糸を通すのが難しくまち針で留めているだけの箇所もあるので、それを抱えて大移動などできないのだ。衣装の状態を保つためには、どうしても着る本人にその衣装がある場所まで来てもらわねばならないのである。

紬はそれを蓮治に伝え、一緒に衣装の制作部屋まで来てもらえるよう促した。

だが蓮治は返事をしない。それどころか、一向に紬のほうを見さえしない。まるで紬の声が届いていないかのような素振りだ。

聞こえなかったのかな、と――こんな近い距離で話しかけているのにそんなはずはないのだが、一応紬は同じ内容を少し言葉を変えつつ、もう一度彼に投げかけてみた。

すると蓮治が反応した。ただし返事ではない。

大きく溜息をついたのだ。

そして彼はこちらを向いた。その青い瞳の美しさに見とれる暇もないほど、どこかふて腐れたような、見るからに不機嫌そうな表情で。

「なぜこの俺がわざわざ出向いてやらなきゃならないんだ。用があるならそっちから来い」

冷たくそう言い放った彼の双眸は――こちらを見ているようで、見ていなかった。視線の先が微妙に紬から外れている。

紬を一人の人間ではなく、何か一種の記号のようなものとして扱っているような、そんな素振りだったのだ。

目の前にいるはずなのに、彼と紬との間には分厚い壁が立ちはだかっているように感じた。

紬は、長く推している憧れの人の、この信じられない一面に、衝撃を受け言葉を失い立ち尽くし――この場はひとまず現実逃避することにした。そうでもしないと眩暈がしそうだったのだ。

紬は余所行きの顔でにっこり笑い、また同じ内容を繰り返す。今度は三度目だ。

「ご足労いただくのは申し訳ないのですけれど、お衣装が今どうしても楽屋までの距離は動かせない状態なものでして」

カフェーの女給が注文を取るときのような、普段より一段も二段も高い声で言う。

今、この瞬間、紬の中では二人の紬が殴り合っている。

余所行きの仮面を被って取り繕い、この場をなんとか円滑に進めようと奮闘する、誇り高き職業婦人としての紬。

そしてこの期に及んでもまだ「ご機嫌悪そうな姿もまた玲瓏！」と盲目的に蓮治を崇拝する、手に負えないファンとしての紬だ。

そして此度の戦いは職業婦人が勝利した。衝撃をやり過ごすためにはそれしか選択肢がなかったとも言える。

だがしかし蓮治は、これ見よがしに溜息を吐くと、再びそっぽを向いてしまった。そしてうんともすんとも言わず、ただ鏡を見るでもなく眺めている。

もし自分があの顔なら鏡を一日中見ていても飽きないだろうな、という埒もない考えが頭をよぎるが、それは次いで飛んできた蓮治の言葉により遮られた。

「いつまでそこに突っ立ってる。視界の端にちらついて邪魔だ」

――職業婦人紬の矜恃が、気絶しそうになっていたファン紬をぎりぎりのところで辛うじて支えた。

そしてその勢いのまま、紬は草履を脱ぎ捨て、畳の上に上がる。まさか無遠慮に上がり込んでくるとは思わなかったのだろう、蓮治がぎょっとした顔でさすがにこちらを見る。

「私！　確かに採用していただきたての青二才ですけど！」

こちらを見つめる青い双眸を睨みつける勢いで凝視して、紬は叫んだ。

「誇りを持ってこの仕事をするのだと決めたので！　どんな困難があろうとも、私は私の信じる道を突き進むつもりです！」

――実はそれは、大帝國劇場の公式後援会の会報に載っていた、蓮治が取材で答えていた言葉だった。例の大失敗作から何作品かを経て、人気を盛り返した後に出た号で、当時を振り返って自分の思いを答えていたのだ。

『僕は役者としてまだ青二才ですが、誇りを持ってこの仕事をするのだと決めたので、どんな困難があろうとも、僕は僕の信じる道を突き進むつもりです』

蓮治は目を見開いた。青く丸い虹彩が宝石のように煌めく。自分が取材で答えた内容を無論覚えていたのだろう。それは蓮治の生きる道、その指標のようなもののはずだから。

紬は肩で荒く呼吸しながら、もうどうにでもなれという気持ちで蓮治に手を差し出す。

当然その手を彼が取ることはなく、紬は焦れて、彼の肩やら腕やらを摑んで立たせようと踏ん張る。

内なるファン紬が「蓮治様に触っちゃった！　細く見えるのに意外と筋肉質！」と大騒ぎしているが、今はとにかく無視する。

「その私が今果たすべき仕事は、あなたを衣装の制作部屋へお連れすることなんです！　何がなんでも一緒に行ってもらいますから！　一緒に行ってくださるまで、絶対にここを動きませんからー！」

内なるファン紬が「蓮治様、傍に寄るとなんていい香り……どんな病気でも治りそう……」とうっとりしているが、今はとにかく無視する。

力任せにぐいぐい引っぱっていると、さすがに折れてくれるつもりになったのか、あるいは呆れ果てたのかわからないが、蓮治がようやく腰を浮かせた。

だが紬のほうは、なんとなく蓮治がこのまま梃子でも動かない構えを見せるような気がしていたので、蓮治が抵抗をやめたのにそのままの勢いで引っぱってしまった。

当然、紬は体勢を崩して後ろに転び、尻餅をついた。

両手に蓮治を握り締めたまま。

「――いたっ！」

上からと下からと、挟まれるような衝撃に思わず悲鳴を上げる。が、すぐに疑問に思った。下は尻餅の痛みだとして、上は何？

思わず瞑っていたらしい目を恐る恐る開く。

すると紬の膝の上に、蓮治の上半身が乗っかっていた。

紬の両手は依然、彼の肩やら腕やらを掴んでいる。

「や、やだやだやだ！」

慌てて手を離し、彼を押しのけるわけにもいかず両手を宙に彷徨わせる。

「ごごごごめんなさい！　お怪我はありませんか⁉　やだもう私ったら――」

（――蓮治様にお怪我をさせてしまうところだったなんて！　でも我が膝に蓮治様の重み……心地好い……って違う！）

ファン紬を慌てて脳内から追い出し、紬は半泣きになる。

新帝國劇場のスタアに怪我でもさせようものなら、仕事は即クビだ。

そうだ、と紬は思い立った。焦るあまり、勢い余っての行動だった。

あろうことか紬は、蓮治の肩を掴んで引き寄せ、自分の膝の上に彼の頭を乗せたのだ。

「私の膝、使ってください！　どこか打っていたら大変ですから、ここで少し休んでください！　遠慮なさらず、さあ！」

蓮治は紬の膝の上で固まって、青い目を見開いて天井を見ている。どこか呆然としているようにも見える。

紬は思わず息を呑んだ。もしかすると蓮治が、紬が道端で彼を追いかけた挙句にぶっ倒れたあの日のあのファンであることを思い出したのかもしれないと思ったのだ。

忘れられていても悲しいが、覚えられていたらそれはそれで、蓮治の冷たい一面を知ってしまった今となっては恐怖でしかない。こんなところまで追いかけてきて気持ち悪い、と面と向かって言われてしまってもおかしくない状況だ。しかもこんな、乙女が自ら殿方を膝枕に導くなんて。

（わ――私ったらなんてふしだらなことを！）

ようやく我に返るがもう遅い。今さら蓮治の頭を押しのけることなどできないし、蓮治のほうもなぜか全然どかない。

しかも動転する紬をよそに、蓮治は信じられないことに、そのまま瞼を閉じた。

女性も羨む長い睫毛に青い双眸が隠され、どこか蒼白く見える肌が、艶やかな黒髪に彩られる。

そしてすぐに寝息が聞こえてきた。

その彫刻のような美しい顔から。

「……え？」

紬の膝枕で、月城蓮治が眠っている。

両足は麻痺という名の現実逃避をしているようで、既に何の重みも感じない。

「えっ？　ちょっ、あの、蓮……、月城さん？」

いくら呼びかけてもまったく目覚める様子がない。というかそれ以前にあまりにも寝付きがよすぎる。一日中遊び回って疲れ果てた幼子でももう少しかかるのではないだろうか。

自ら膝枕に導いておいて何だが、一体何だろう。この状況は。

揺り起こしてもいいものだろうか。しかし穏やかな寝顔を見るとそれも憚られる。

——いつまでも、とファン紬が頭をもたげた。

（いつまでも私の膝をお貸しします、蓮治様……！）

まさか新帝國劇場の楽屋内で、不可抗力とはいえ月城蓮治に膝枕をする日が来るなんて。

これはあまりにも身に余る成功と言えるのではないだろうか。推し色を身につけて無邪気に劇場に通い詰めていた頃の紬が知ったら泣いて喜んで失神するだろう。

（……そうだわ。道端で失神した私を助けてくれたのは蓮治さんだった）

紬はいまだばくばくと鳴る心臓を押さえ、小さく微笑む。

「どうぞ、今は休んでください。いつかのお礼です」

そう呟き、さあ今はこの幸せに浸ろうと思ったそのとき、脳裏に梶山の魔女のような眼光が過ぎった。

紬は急激に我に返る。

「……って、だめだめ！　月城さん、仮縫いのお衣装を着てくださーいっ！　お願い起きて！　……こんなに大声出してるのに全然起きない！　なんで!?」

こうしてたっぷり三十分眠った蓮治を何とか引き連れて、どうにかこうにか衣装の制作部屋へ戻った後。

紬は予想外にも先輩方から、「蓮治さんにすげなく追い返されて、劇場の外で泣いてるかと思ったのに。初仕事でこの短時間であの蓮治さんをここに連れて来られるなんて、あなたやるじゃない」と驚かれたのだった。

――それが『推し』月城蓮治ではなく、『新帝國劇場で働く役者』月城蓮治との、最初の出会いだった。

そうしてあっという間に半年の月日が流れ、今に至るというわけだ。

＊＊＊

その日も概ね無事に、新帝國劇場公演は幕を下ろした。

今日は平日なので、夜公演だけだ。衣装の大きな手直しも特になく、点検と小さな補修だけで済んだ。衣装が破れたりなど緊急の仕事があるときは、日付が変わるまで針と糸を持ち続けたり、そのまま劇場の仮眠室に泊まり込んだりすることもあるから――激しい殺陣がある演目のときにはそれがほとんど毎日になることもある――、今日はとても平和だ。それに明日も夜公演だけなので、昼と夜の二公演がある土日よりは比較的朝もゆっくりできる。

こういう夜は、紬は従業員寮に戻る帰路の半ばにある、夜遅くまで開いているカフェーに寄ることにしていた。と言っても夕食は劇場で出される仕出し弁当を食べているから、珈琲や軽い甘味をつまむ程度だ。それでも公演期間中は、これが大きな息抜きになる。

「あーっ、今日も疲れたぁ……」

紬の息抜き仲間である詩子《うたこ》が、カフェーの卓に突っ伏しながら呻いた。

詩子は紬と同じように復興開場を機に新帝國劇場に入社した、同い年の同期である。簿記の知識を持つ彼女の配属先は票券管理だ。公演切符の販売や管理、精算などが主な業務である。仕事も速く聡明で、大人っぽい眼差しが魅力の、紬の自慢の友人だ。

紬は詩子の分の珈琲が零れてしまわないようさりげなく端に避けてやりながら、同じく呻く。

「週末の昼公演《マチネ》・夜公演《ソワレ》が思いやられるわね」

公演が大盛況なのは大変喜ばしいことだが、劇場が繁盛すればするほど、そこで働く者たちは激務になる。一ヶ月半の公演期間が終わる頃にはもうみんな抜け殻だ。

すると詩子は顔を上げ、にやりと笑った。

「あんたには毎日、愛しの蓮治様がいるじゃないの」

「ちょっと、やめてちょうだいよ。思い出したら余計に疲れちゃう」

思わず半眼で唸り、紬は珈琲を一口すすった。

詩子とは入社してすぐに仲良くなったから、こうして劇場帰りに寮までの道すがら夜のお茶をするようになってもう半年になる。紬が以前は蓮治を追いかけていたことも、彼を追って新帝國劇場で働き始めたことも、そして現在の状況も、概ね知り尽くされた仲だ。

蓮治は紬に遠慮なくあれこれ命じるので、紬は毎日舞台裏をあっちへ走り、こっちへ走りの大わらわだ。

でも、と詩子は首を傾げる。

「衣装係の領分を越えたことを命令されたりはしないんでしょう？」

「……まあね。付き人扱いされてるってわけじゃないけど」

蓮治には新帝國劇場の社員であるれっきとしたマネージャーがいる。三十がらみの男性だ。衣装に関すること以外の「あれをしろ」「これが食べたい」「それを取ってこい」はすべてそのマネージャーの役割である。

紬は溜息を吐いた。

「梶山さんが意匠も生地も決めて、先輩がその通りに作ってもうほぼ完成してる衣装を、『ここが気に入らないからお前が直せ』とか名指しで言われるのよ。しかも『これはこの俺が着ると本当に想定した衣装か？』とか小馬鹿にした顔で一言余計なことまで言うの。先輩方の目がどれだけ冷たいかって思うと怖くて誰の顔も見られないわよ」

「そうかしら。多分、哀れみの目だから心配いらないと思うけど」

詩子は言って、それに、と焼き菓子を一口齧る。

「あんたを名指しするってことは、あんたの腕を買ってるってことじゃないの？」

「そりゃそう思いたいけど。でもあれは嫌がらせとしか思えない。私が困ったり慌てたりするのを見て楽しんでるのよ。……まだ入社して半年だからしょうがないけど、梶山さんからは衣装制作どころか、小物作りもほとんど任されたことないんだもの。そんな未熟な衣装係見習いの腕を、あの大スタア様がわざわざ買ってると思う？」

「うーん……」

気難しく職人気質の梶山を思い浮かべているのだろう、詩子の眉間に皺が寄る。

紬は先ほどの詩子のように卓に突っ伏した。今度は詩子のほうが、紬の珈琲をさりげなく端に寄せる。

「ああ、週末が憂鬱……」

「がんばろう。ひとまず次の休演日までの辛抱よ、お互いに」

そう励ましてくれる詩子の言葉にはどこか含みがあった。紬は顔を上げる。

「詩子、何かあったの？」

「何かっていうか……」

詩子は少し難しい顔で考え込んだ後、すぐにぱっと笑みを浮かべてみせた。

「大したことじゃないのよ。最近異動してきた劇場案内の人と、ちょっと反りが合わないだけ」

「……？　劇場案内と接点なんてある？」

劇場案内とは読んで字のごとく、劇場内で観客に諸々の案内をしたり、観客が出入りする区域を見回ったりする業務だ。要は客対応の部署であり、票券管理の詩子とは持ち場が違う。

詩子は曖昧な笑みを浮かべた。

「大丈夫。何かあったらまた相談するわ」

そう言われては、紬は頷くしかない。

「絶対よ、詩子。悩みがあるなら、一人で抱え込んだりしないでね」

翌日、紬が出社すると、蓮治は既に劇場内にいた。

舞台裏で働く裏方の従業員たちの劇場入りは通常、役者たちよりもかなり早い。下っ端の紬はなおさらだ。それに紬は新帝國劇場という劇場そのものが好きだから、特に急ぎの仕事がない日であっても、他の従業員よりも早く仕事場に来るようにしている。寮で朝の時間をゆっくり過ごすよりも、劇場内で珈琲を飲んでいるほうが幸せを感じるのだ。

衣装の制作部屋からそう離れていない場所には、板張りの練習室がある。一面が大きな鏡張りになっていて、反対側の壁には洋舞で使用される長い木の棒《バー》、そして伴奏用のピアノも設置されている。開演前の数時間、俳優たちは楽屋に籠っていることも多いが、洋舞の踊り手《ダンサー》や、公演中に舞踊を担当する俳優などは、その練習室で柔軟体操をして体を解したり、軽く踊って体を温めたりするのだ。特に踊り手たちは開演の直前まで楽屋ではなく練習室にいることが多い。

月城蓮治は朝、まだ誰もいない時間から、よく一人でそこにいる。

紬がそのことに気付いたのは、入社して二週間ほど経過した頃だ。その日はたまたま早朝から劇場内を走り回らねばならない雑務があり、練習室の前を通りかかったとき、廊下に面した窓から中に人影が見えた。そんな時間そんな場所に誰かがいるとは思いもよらず、幽霊か何かかと一瞬ひやりとしたが、目を凝らすとそれが蓮治だったのだ。

彼は広い練習室で、音楽もない中で一人、舞っていた。

それは当時彼が演じていた、夜の帝国を統べる鴉の王の、一番の見せ場の踊りだった。開幕から一週間にして、彼が演じてきた数ある役の中でもデビュー作の氷の死神と並ぶ当たり役と言われ、蓮治目当てに劇場に詰めかける女性たちがまた増えた頃だ。

音もない、衣装も鬘もない、簡単な稽古着と洋舞用の布の靴だけの姿で、薄暗い練習室の中で舞う蓮治は、紛れもなく鴉の王だった。

役者として、そして踊り手としての彼の圧倒的な力を目の当たりにし、紬はしばらくその場から動けなかった。

あれから半年。劇場内のあちこちに用事があるふりをして練習室の前を通るのが、紬の毎朝の日課になっている。

今朝も蓮治は変わらず練習室にいた。よほど体調が優れない日などでない限り毎日だ。ひょっとすると紬が半年前に発見するより前から、もしかすると大帝國劇場の頃から——それこそデビュー当時から、蓮治はこの習慣をただ一人で続けていたのかもしれない。

（……役者としての向上心とか、スタアになっても努力を欠かさない姿勢とか、そういうところは相変わらず素晴らしいのよね。そういうところは）

その素晴らしさが、彼を取り巻く周りの人間にも向いてくれたらいいのに、と紬はこっそり嘆息した。

半年前にこの劇場内で蓮治と鮮烈な出会いをしてから、紬の日課になってしまっていることが、実はもう一つある。

これは誰にも内緒の任務だ。梶山にも、衣装係の先輩方にも、もちろん他部署の誰にも——詩子にさえも。

劇場内には一般企業のように昼休みという概念はない。その日の公演時間に合わせて、各部署が各々の仕事に支障のない時間に、各々の時間配分で昼食や休憩を取る。そのため同じ部署内であっても、仕事の進捗によって休憩を取る時間はさまざまだ。

紬は廊下の長机の上にずらりと置かれた仕出し弁当の中から、焼鮭が入った弁当をひとつ取った。いつも大体二種類から三種類の弁当があって、今日のおかずは焼鮭か、大きなつくねだ。食事をどこで取るかも基本的に自由で、時間に余裕があれば弁当ではなく外の店に食べに行く者や、弁当を持って日比谷公園まで息抜きに行く者もいる。社員食堂を使うのも自由だが、仕出し弁当と違って代金を支払わなければならないのと、舞台裏の仕事場から社員食堂までは少し遠い上に構造上結構な遠回りをしなければならないため、あまり使う者はいない。

周りがそんなふうだから、紬はこの任務を半年間、誰にも知られずに遂行できているとも言えた。

焼鮭弁当を持ったまま、紬は楽屋のほうへ向かう。衣装係や化粧を担当する美容師、鬘を結う床山が楽屋の辺りをうろつくのは当たり前のことなので、誰も不審に思ったり見咎めたりはしない。紬はそのまいくつかの大部屋の前を通り過ぎた。目指すは奥の個室、月城蓮治の楽屋だ。

蓮治の楽屋の入り口に掲げられた暖簾は、そのときに打たれている公演によって違う。そして公演中にも何度か入れ替わる。これは蓮治の熱心なファンたちからの贈り物なのだ。贔屓の役者に楽屋暖簾を贈ることができるということを、紬もファン時代に知ってはいたのだが、当時は父親にお小遣いをもらって観劇している身分だったので、暖簾を贈りたいとまでは言い出せなかった。こうしてファンから贈られた様々な暖簾を蓮治が実際に楽屋に掛けているのを見るに、ファンのことは大事にしてはいるんだな、と思う。

自分も蓮治に下手に近づかずに、適切な距離感を保って推し活を続けていたら、いつか自分で稼いだお金で暖簾を贈り、それを楽屋に掛けてもらえていたのかな、と少し切なくも思った。それを無邪気に喜べる自分でいたかったような気もする。

無論、今や帝国を代表する劇場であるこの新帝國劇場で、見習いとはいえ衣装係の仕事に就けているのだから、この道を選んだことを後悔はしていないけれど。

紬はこっそり小さく溜息をついてから、暖簾の外から声をかける。

「蓮治さん。小野寺です」

例によって返事はないので勝手に入る。すると板の上の彼からは――それどころか舞台裏のどの場所にいる彼からも想像がつかないようなげっそりした顔の蓮治が、半眼で振り返った。場所はいつもと同じ、鏡の前の座椅子の上だ。

「遅い」

紬はむっとして、劇場履きの草履を脱ぎながら答える。

「今夜の公演のためにお衣装の調整をしてたんです。舞台の上で前がはだけてもいいんですか？」

「贔屓筋は喜ぶんじゃないか？」

言って蓮治はにやりと笑うと、あろうことか、楽屋着である着流しの襟に指を引っかけ、胸もとを少し見せてきた。綺麗に浮いた鎖骨と、普段は服に隠れている胸筋が覗く。紬は思わず、ぎゃあ、と悲鳴を上げ、弁当を取り落とす勢いで両目を押さえる。

「……色気のない悲鳴だな」

「お、お、乙女の前でなんてことを！」

「ほらな。喜んでるじゃないか」

「喜んでません！　私別にあなたのファンじゃないですし！」

半年前の紬入社の時点で蓮治は、劇場の外で出会った一ファンである紬のことをまったく覚えていないようだった。それを幸いに紬は、蓮治のファンだったことを本人にはひた隠しにし続けているのだ。

指の隙間から蓮治のほうを見ると、彼は半眼でこちらを睨んでいた。

「生娘みたいな反応はいいから、早く来い」

「みたいなっていうか、れっきとした乙女なんです！」

ああ、何が悲しくて、元推しの前で生娘かどうかを宣言しなければならないのか。

胸中で頭を抱えつつ、実際には焼鮭弁当を大事に携えて、紬は蓮治のもとへ歩み寄る。

そして彼の傍に正座をした。

「どうぞ」

「ああ」

蓮治は極めて横柄に頷くと、その青い瞳を閉じ——ごろん、と紬の膝の上に頭を乗せた。

ほどなくして寝息が聞こえてくる。相変わらずの異常な寝付きの速さだ。

（それに相変わらず睫毛は長いし、男性なのにお肌もきれい。あんな分厚い舞台化粧を毎日してるのになんでなのかしら？　なぜなら蓮治様は美の妖精だから！　……いやいやいや違うでしょ紬）

その美の妖精は、紬が昼食を取る間の三十分、こうして紬の膝の上で眠りに就く。

紬はなんとその間、普通に弁当を食べる。

誰にも秘密の任務とは、公演数時間前に蓮治の枕になることだった。

この新帝國劇場で蓮治とあの強烈な出会いを果たして以来、蓮治に指名されたのだ。俺の枕になれ、と。

最初のうちこそは、見習いとはいえ衣装係なのに召使いのように扱われることに対しての怒りと、男性に膝を貸さねばならないことに対する年頃の乙女としての憤り、それに推しに合法的に膝枕ができることに対しての喜びで情緒がぐちゃぐちゃで、蓮治が寝ている三十分間ずっと固まっていた。その後急いで衣装の制作部屋に戻って五分で弁当を掻き込み、仕事に戻る日々だった。

しかし毎日蓮治の傍で仕事をし、その為人を知って失望が積み重なっていくにつれ、「律儀に三十分待ってることなんてないんじゃない？」と思い始めた。その頃にはもはや紬の中では月城蓮治は『推し』から『元推し』に格下げされていたので、もうどうにでもなれという気持ちで堂々と弁当を持ち込んでみたところ、意外なことに蓮治は何も言わなかったのだ。それどころか、紬が弁当をゆっくり味わって完食しても一向に起きる気配はなかった。紬は拍子抜けして、以来、蓮治の楽屋で昼食を取るのもまた日課になったというわけだ。

食べかけの人参の煮物を箸で摘まんだまま、紬は宙を眺めて溜息を吐く。

（こんな状況、以前の私が見たらどう思うのかしらね……）

ここに就職して以来、こんなふうに思うことばかりだ。

「あのときの借りは、もうすっかり返したと思うんですけど」

膝の上の蓮治の寝顔に向かって、そう呟いてみる。そうは言っても、この状況をいまだに満更でもなく思っている自分にも、少し腹が立つ。

少しくらいこの憎たらしい頬を突いてみるくらいは許されるだろうか。そう思って手を伸ばしかけ、やめた。起こしてしまったら言い訳のしようがないし、大体、この人は今はもうただの仕事仲間の一人だ。

「……本当は、あなたにはずっと私の推しでいてほしかったなんて、身の丈に合わない望みなんでしょうね……」

まさか花の十九歳にして、こんな人生折り返しの頃に抱えるような悩みを抱えることになるなんて。

そう思いながら、紬は人参の煮物を口に放り込んだ。


怒濤の土日公演をどうにかこうにか乗り越え、週が明けた。

新帝國劇場の休演日は毎週水曜日だ。その日は役者たちは休日となり、舞台裏で働く者たちは衣装や道具の点検をしたり、必要であれば補修などの作業をする。劇場内の設備や機構を公演最終日――千秋楽まで維持するための大切な日だから、従業員は基本的に土日と水曜日を除いた週のどこかで交代で週に一度の休みを取る。紬が所属する衣装部も同じなのだが、紬に限っては月城蓮治が劇場にいる日に出勤していなければならないこともあり、休日も自然と蓮治に合わせることになっていた。

ちなみに劇場案内や、詩子が所属している票券管理など、客対応が主な業務となる部署も水曜日が休みだから、心身の疲れが溜まっていないときには二人で気分転換に買い物に出かけたり、少し遠くにあるカフェーにお茶をしに行ったりすることもある。およそ一ヶ月半の公演期間のどの時機ならそれができるのかというと、公演期間が始まって一週間以上経過して仕事の手順にある程度慣れてからと、公演一ヶ月を過ぎてあと少しで千秋楽を迎えるという心の余裕が生まれる頃だ。中日あたりは誰も彼も疲れ果てており、紬も休日はほとんど丸一日布団の上である。

此度の公演が開幕して二週目。身体的にも精神的にも、公演の手順に慣れてきて、そろそろ少し疲れが溜まってきたけれどまだいける、という時期である。そんなわけで紬は詩子の昼休みの時間に、今度の水曜日どこかへ出かけないかと誘ってみた。舞台裏の裏方部署以外は基本的に仕出し弁当は出ないため、社員たちは食堂を使う。劇場案内や票券管理は勤務時間も規則的だから、詩子に確実に会いたければこの時間にここに来るのが一番だった。

「ごめん、今週は先約があるの」

詩子は両手を顔の前で合わせてそう言った。

「そうなの？　もしかして、素敵な殿方とお出かけかしら」

冗談交じりにそう言ってみた。詩子に今恋人や好きな人がいないと知っているからこそだ。

するとと詩子はなぜか小さく溜息を吐いた。

「素敵かどうかはまだわからないけど、殿方ではあるかな」

「えっ⁉　本当に⁉」

思わず目を輝かせ、大きな声を上げてしまう。詩子は人差し指を立て、しっ、と囁く。紬は慌てて両手で口を押さえる。

しかし驚きだ。詩子は美人で大人っぽいから前々からもてると思っていたけれど、本人があまり男性に興味はなさそうだったから。

しかし休日に男性とお出かけと聞いただけで胸を躍らせている紬に対して、当の詩子はなぜか、どこか憂鬱そうにも見える顔だ。

「……？　あんまり気乗りしてないの？」

問うと詩子は肩をすくめた。

「実はまだよくわからないのよ。……何か進展があったら報告するわ」

そのまま公演日程は恙なく進行し、やがて関係者の誰もが疲弊する中日に入った。そのまま公演は折り返し、千秋楽を目がけて駆け抜けていくことになる。

公演が中日に入るあたりから、衣装のほうも糸や生地の摩耗や劣化で、細やかな補修がたびたび必要になってくる。点数がそもそも多く、その中でも細かくて複雑な装飾が施されていることの多い蓮治の衣装は、特に繊細な手入れが必要になる。

そんなわけで紬は詩子と劇場の中でも外でも会うことのないまま、公演日程は過ぎていった。それ自体は毎度のことなので構わないのだが、紬は詩子の例の逢瀬がどうなったのかが気になっていた。ときめきの予感に、まったく部外者ながら胸が高鳴る。

しかしいよいよ千秋楽まで秒読みとなってきたある日。

蓄積した体の疲れは、この段階に至ると「あと少しで終わりだ！」というある種の解放感と高揚感に取って代わるので、疲れを飛び越してそれまで以上の力が湧いてくる。そのため仕事帰りにどこかへ寄ろうという心の余裕も取り戻せてくるから、紬は今日あたり帰りに詩子を誘ってみようと考えた。

ちょうど詩子は昼休みの時間だ。社員食堂に行けば会えるだろう。

紬が昼食を取るのはまだもう少し後だが——それに蓮治の楽屋内でだが——、ちょうど少し手隙になったからついでにお茶でも一杯飲もうと、食堂に向かうことにする。

果たして詩子は食堂にいた。だが目の前に食事が載ったお盆を置いたまま、手を付けていない様子だ。食堂自体は賑わっていて、周囲には人がたくさんいるのに、詩子の周りだけ何だかぽっかりと穴があいているようにも見える。

あれ、と思いながらもお茶を汲み、紬は詩子の隣の席に腰を下ろす。詩子のただならない雰囲気を察知してか、彼女の周囲は実際に空席だったのだ。

「詩子」

「えっ……、ああ、紬」

詩子は一瞬動揺したような表情で顔を上げ、紬の顔を見てほっとした様子を見せた。

紬は一気に彼女のことが心配になってしまう。

「どうしたの？　具合でも悪い？　全然食べてないじゃない」

「ああ……、違うの。体は全然平気なのよ」

「……何か、悩みごと？」

詩子はおずおずと頷いた。紬は詩子に顔を寄せ、声を潜める。

「私に話せる？　もしそうなら、話してちょうだいよ。それで少しは楽になるかも」

「でも……あんまり気持ちのいい話じゃないのよ」

「大切な友達が悩んでるのに、気持ちのいいも悪いもあるもんですか。ほら、話してみて」

紬が更に体を寄せると、詩子は観念したようにひとつ息を吐いた。そして同じく声を潜める。

「……前に、反りが合わない劇場案内の人がいるって話したでしょう」

「ええ、異動してきたばかりだって言ってたあの人ね」

「実はね、紬が誘ってくれたあの休演日、その人と一緒に出かけたのよ」

「――ええっ!?」

思わず声を上げて立ち上がりかけ、紬は慌てて口を押さえて縮こまる。そして殊更に声を潜めた。

「劇場案内って男の人だったの!?　反りが合わないって言うから、私てっきりお局様みたいな人が入ってきたのかと……！」

あいにく部署の違う紬には、劇場案内の男性の顔などぱっと浮かばない。

「ど、ど、どんな人⁉　かっこいい⁉」

「見た目はまぁ、悪くはないんじゃない。票券管理の女の子たちの間でも人気あるみたいだし。私の好みじゃないけどね」

「いくつぐらいの人？」

「さあ。詳しく聞いてないけど二十代半ばか、後半くらいかな」

年上の殿方、と胸が高鳴ったところで、紬は我に返る。さっき詩子はあまり気持ちのいい話ではないと言っていたではないか。

「それで……その人と出かけてみて、どうだったの？」

詩子は少し考え込むと、ぽつりぽつりと話し始めた。

「……実はね、反りが合わないっていうのは言葉の綾で。本当はその人に毎日しつこく言い寄られて困っていたの。焼き菓子や珈琲を差し入れてくれたりするのはありがたいんだけど、そのたびにその……綺麗だよとか、次の休みを君と一緒に過ごせたらどんなに幸せだろうとか、そういうことを言われて」

思わぬ展開に紬は頬を赤らめた。そんな台詞、お芝居の中でしか聞いたことがない。現実に言ったり言われたりすることがあるなんて。それもこんな身近で。

「でもあんまり熱心に誘ってくれるものだから、私……」

「……一度一緒に出かけてみようって気になった？」

詩子は頷く。

「私、実は満更でもなかったんだと思う。最初は確かにちょっと鬱陶しいなと思ってたけど、あんまり毎日そんなふうだから、もしかして本当に誠実に私のことが好きなのかしらって……そう思ったら、ちょっとずつ私もその人のことが気になり始めて」

それで一緒に出かけて、そこまではいい。問題はその後に何があったかだ。

「その日一日はとっても楽しかったの。仕事の辛さを忘れて、活動写真を観に行ったり、人気のカフェーで食事をしたり」

「うんうん。それで？」

「帰りに寮の近くまで送ってくれたんだけど、そこでその……されたの。接吻を」

「どええ!?」

紬は叫びながら思わずまた立ち上がり、すぐに口を押さえて座り直す。さすがに周囲の者たちがなんだなんだとこちらを見ているが、紬はそれどころではない。

まさか同い年の友人が、そんな大人びたことになっていたなんて。

「そ、そ、それでどうしたの!?」

「……私、嫌じゃなかったの。というか自分でも驚きなんだけど、正直な話、嬉しかったのよ。ああ、これで私、この人と恋人同士なんだわって――そう思っていたの。次の日の夜までは」

「……え？」

急に雲行きが怪しくなり、紬は眉を顰める。

詩子は両手で自分の顔を覆った。

「あの人ったら次の日の夜、劇場の裏で、別の綺麗な女の人と接吻してたのよ！　腰に手まで回して！」

あまりの衝撃の展開に、紬はあいた口が塞がらなかった。

詩子の肩は悲しみでか怒りでか、わなわなと震えている。

「周りの女性社員たちにそれとなく話を聞いてみたら、あの人、綺麗な女性と見ればお客さんにまで手を出す女たらしで有名なんですって。それを見咎められて別の部署に飛ばされていたのに、仕事自体は優秀なものだから、ほとぼりが冷めて本人の希望で戻ってきたらしいの。あの人、私のこと散々甘い言葉で口説いておきながら、同じように口説いていた女の子が他に三人も四人もいたのよ！　しかも地元の越谷《こしがや》には本命の婚約者までいるって！　私とのことも票券管理や劇場案内のみんなの中で噂になってて、私、とてもいづらくって――」

がたん――と紬は椅子を蹴って立ち上がった。

周りの従業員たちがちらちらとこちらを見ているが、構っている場合ではない。

「……どいつなの」

「え？」

詩子が涙で滲んだ瞳でこちらを見上げる。

「名前よ。どこのどいつなの、詩子を泣かせた不届き者は」

「劇場案内の三戸《みと》さんだけど……でもそれが一体どう――」

詩子が言い切るその前に、紬は食堂内をぐるりと見回す。票券管理が昼休みなら、劇場案内もきっと同じく昼休みだ。

「すみませんが！　ここに劇場案内の三戸さんって方はいらっしゃいますか!?」

従業員たちはどよめきながら、その視線が一人の長身の男性に向く。

確かに洗練された外見の、女性にもてそうな男性だ。体に合った制服のスーツが似合っている。少し垂れた甘い目もとでさぞかし数多の女性をたらし込んできたのだろう。蓮治の涼やかな目もとこそが至高と思っている紬にとっては好みでも何でもないが。

その男性は少し驚いたような顔で、それでも優しく微笑んだ。

「三戸は僕だけど」

人当たりのよさそうな、まさか誰かを裏切るなんて思いもよらない微笑みだ。紬は低い声で詩子に問いかける。

「あの人で合ってる？」

「え、ええ、合ってるけど……」

何をする気なのかとこちらを見上げる詩子に、紬はひとつ頷いて、三戸にずんずんと歩み寄る。

今のこの状況では、その人のよさそうな微笑みすらも憎たらしく見える。どうせ紬のことも経験の浅い小娘と踏んで、笑ってごまかせばなんとかなると思っているに違いない。

（そうは問屋が卸すもんですか！）

三戸は微笑みのまま、小首を傾げる。

「えっと、どちらの部署のどなたかな？　お見かけしたことはなかったと思うけど――」

――ぱあんっ、と強い破裂音が食堂に響き渡った。

しん、と辺りが静まりかえる。

紬はひりひり痛む手のひらの熱さすらも感じないほどの怒りのままに、三戸を睨み上げた。

「私、衣装部で見習いをしております、小野寺紬と申します！」

呆気にとられたまま、今しがた目の前の小娘に平手打ちされた頬を反射的に手で押さえている三戸に向かって、更に言い放つ。

「大事な友達を傷つけられて黙っていられないので、ご挨拶に参りました！　それでは用も済みましたので、失礼いたします！」

――その後、誰かに呼ばれたのだろう、劇場案内の偉い人と衣装部の梶山が揃って飛んできて、紬と三戸を社員食堂から事務室へと連行した。

まるで本当に警察から取り調べを受ける犯人のような扱いだったけれど、紬が連れ出される直前、詩子と同じ目に遭っていた何人かの女性社員からこっそり感謝の拍手を送られていたことを、紬は知らない。

小野寺・三戸平手打ち事件は、現場が公衆の面前だったということもあり、瞬く間に新帝國劇場中に知れ渡った。

紬は必死に事情を説明したものの、理由はどうあれ騒ぎを起こし社員に暴力を振るったというのは純然たる事実である。梶山もさすがに、見習いの小娘がある程度経歴のある男性社員を害したとあっては庇うのは難しいといったふうで、紬は結局、一週間の自宅謹慎処分を言い渡されてしまった。

クビにならなかっただけましだったと言えるかもしれないが、今は公演中だ。千秋楽までまだ二週間近くある。やらなければならないことは山ほどあり、寮の部屋に閉じ込められている場合ではないのだ。蓮治付きの衣装まわりは衣装係の先輩方が手分けして引き継いでくれるそうだが、紬の仕事はそれだけではない。一週間も蓮治の膝枕係の任務を黙って放棄したとあっては、復職したときに彼に何と言われるか。嫌みを言われるならまだいい。無能だと思われて彼に見放されてしまうのが、紬にはとにかく恐ろしく感じた。

「我ながらばかなことをしたものだわ……」

謹慎四日目。

寮の自室で布団の上に寝転がり、紬はこの四日ずっと繰り返しぼやき続けていたことを、またぼやいた。あのときは怒りのまま勢いで行動を起こしてしまったが、仕返しのやり方ならもっとうまい方法があったはずだ、と今となっては思う。

昔から衝動的に動いてしまう癖は変わらない。推し活にしろ、就職にしろ、蓮治の膝枕の一件にしろ。むしろ勢いで動いてこなかった瞬間が、紬の人生に果たしてあっただろうか。

気がかりは実はもう一つある。楽屋が並ぶ廊下の入り口付近、曲がり角の高い壁に設置された神棚だ。舞台の安全や公演の成功を願って、初日が開く前には座組全員揃ってお参りをする。そして公演期間中は毎日、従業員たちが交代で水を取り換えるのだ。紬は毎朝、その神棚にはたきをかけるのを日課にしていた。誰に言われたわけでもなく、やれば何となく自分の気持ちがすっきりするから続けている習慣だ。役者としての蓮治のことは依然尊敬してはいるから、蓮治が怪我なく無事に今日の公演を終えられるよう、願掛けをしている面もある。何しろ衣装や道具がひっきりなしに出入りする廊下だから、一週間も放置すれば埃も溜まってしまうだろう。誰かが気付いてはたきをかけてくれるといいのだけれど、と思う。

低い箪笥の上に置かれた置き時計を見る。どちらも寮に入ったときからこの部屋にもともとある備品だ。時間は午後三時。昼公演は午後一時開演、夜公演は平日は午後六時、土日は午後五時開演で、今日は平日だから六時開演。蓮治の昼寝はとっくに終わっている頃だろう。蓮治はいつも開演一時間前にはすっかり支度を終えている。人外を演じるときは人間役のときよりも化粧や着付けに時間がかかるから、三時半には楽屋に化粧係が入る。

それまでの時間、蓮治はやはり練習室で過ごす。

今ごろはまた無音の空間で、宙を自由に舞ったり、くるくると回転したりしているのだろう。

そこまで考えて紬は思わず嘆息した。いくら蓮治付きの衣装係だからといって、把握しなくてもいいことまですっかり把握してしまっている。これはファンだった頃からの紬の気質だ。推し活を始めるまで紬自身も気付かなかったことだが、紬はどうやら、人の一日の動きを把握したり、互いに動きやすいように管理したりするのが得意なようだった。劇場に就職してからは衣装部内でもその力を発揮し、先輩方に重宝がられたこともある。

（……嫌だわ。それじゃまるで、蓮治さんのお陰で私が人の役に立ててるみたいじゃないの）

事実その通りなのだが、紬の矜持がそれを認めようとしない。

紬はごろんと寝返りを打ち、時計に背を向けた。時間を見ると頭の中で一日の予定や時間割をどうしても考えてしまう。それもこの四日、蓮治に関することばかり。

（よかったじゃない。今日が終わってもあと三日もあの暴君から離れられるんだもの。開演直前に「腕の絞りの形が気に入らない。これじゃ役を十分に表現できないからやり直せ」とか、幕間《まくあい》に「この飾りがここにあると踊りにくいから二幕が始まる前までに見栄えが変わらないように位置を変えろ」とか言われなくて済むって考えただけで、あー、とっても心が軽いわ）

……正直、少しの空虚さを感じなくもない気もするが、きっと気のせいだ、無視しよう、と紬は目を閉じる。

起きているから悶々と埒もないことを考えてしまうのだ。考えたって自分はあと三日この部屋に閉じ込められていることに変わりはないのだから、ならば日頃の睡眠不足を解消する時間にしてしまおうではないか。

紬は無理やりそう自分に言い聞かせ、微睡んだ。

――のも束の間、どんどんどん、と玄関の扉が強く何度も叩かれ、紬は目を覚ます。というより、あまりの勢いと音に思わず飛び起きた。

「な、何!? どなたですか!?」

扉を開くと、衣装部の先輩が二人、なぜかげっそりした顔で立っている。

振り返って置き時計を確認すると、午後五時。もう既に客入れの時間だ。紬は面食らった。大勢の役者への衣装の着付けで、今は一番忙しい時間帯のはずだ。

すると痩身の女性の先輩がおもむろに紬の手を掴んだ。

「お願い。すぐに来て」

「え？」

「私たちじゃ駄目。もう手に負えない」

すぐに蓮治のことだとぴんときた。

「で、でも私、今朝起きたまんまでお化粧もしてないですし――」

「若さが一番のお化粧だから大丈夫よ！　お願い、時間がないの」

本当に焦っているのだろう、先輩が二人がかりで紬を引っ張り出そうとするので、紬は観念するしかなかった。

しかし先輩方がたった四日にしてこんなに窶れるなんて。

(蓮治さん、一体何をしでかしたのよ!?)

結論から言うと、蓮治は何もしていなかった。

しかしそれが大いに問題だった。

あろうことか蓮治は「小野寺紬の着付けじゃないと舞台に上がらない」と言い放ち、楽屋に閉じこもってしまっていた。本当に『何もしない』を実行しようとしていたのだ。

化粧係と床山は何とか楽屋に上がり込んで化粧と鬘の装着を済ませたものの、衣装はそうはいかなかった。此度の公演で最初の場面で蓮治が着る衣装は、黒い大きな翼が背中から生えている作りになっていて、楽屋の狭い入り口を通らないのだ。翼は背負い袋のような作りになっていて、衣装の上着の中に、肩にかけるための二本の紐が通してある。その紐が舞台上で踊っても外れないようにしっかり固定されているのが徒となった。

「昨日までの三日間はあの手この手でどうにか出てきてもらってたんだけど、今日になって『もう限界だ』って……。私たちの着付けや開演中の対応が満足いくものじゃなかったみたいなの」

ごめんなさいね、と痩身の先輩が肩を落として溜息を吐いた。紬は狼狽するしかない。

どう考えても裁縫の腕は、紬よりも経験豊富な先輩方のほうが上のはずだ。確かに紬は蓮治に関しては――推し活時代に積んだ経験のお陰で――常に一歩先を見越して動ける自負があるが、それが少しの間人が代わったところでそんなに違うものだろうか？

　しかし今はそれよりも蓮治だ。もう午後五時十五分、大勢の観客が既に着席していたり、ロビーで茶を飲みながら歓談していたりと、着々と開演時間は近づいている。にも拘わらず、まるで子どものような駄々をこねて支度を拒んでいるなんて。

　やはり月城蓮治はこの新帝國劇場の暴君だ。

　紬は蓮治の楽屋へ向かって一気に駆ける。憤りが紬の足を極限まで速めさせた。

（看板俳優のくせに衣装係が代わったくらいで出演を拒もうとするなんて、役者としての矜持はないわけ!?　ああもう、がっかりだわ！　役者として誇り高いところは蓮治さんの何物にも代えがたい美点だったのに！）

　蓮治が他の誰でもない自分を必要としてくれているという事実よりも、紬にはそのことが胸にしこりのように引っかかって、涙すら出そうだった。

（観に来てくれるお客さんのためだけにがんばってるって、取材で何度も答えてたのに。そんな蓮治さんだから応援していたのに。あれは嘘だったの？　蓮治さん――）

　眼前に迫る楽屋暖簾さえも小憎らしく思いながら、暖簾をがばっと開き、紬は叫ぶ。

「蓮治さん！　一体どういうことですか!?　さっさと衣装部屋に――」

――叫びかけて、紬はその場に立ち尽くした。

鴉の王が、そこにいた。

化粧と濡羽色の鬘のほかは、いつもの蓮治だ。楽屋着の着流し姿。鏡の前、いつもの座椅子の上。

それなのに、まるで舞台上の鴉の王が、夜闇を渡ってこの場に降臨したような威光だった。

こちらを睨む青い双眸が、あまりにも暗く鋭いせいか。

息を呑んで立ち竦む紬に、蓮治は手招きする。

「……え？」

紬は眉を顰め、首を傾げる。眼光の鋭さに挙動があまりにもそぐわない。

何となく見守ってしまっていると、蓮治は再びこちらに向かって手招きし、口を開いた。

「……五分でいい。寝かせろ」

「はい？」

「この三日、いや四日か、一睡もしていないんだ……」

「……はいぃ!?」

思わず叫ぶ紬の目の前で、蓮治がぱたりと畳の上に倒れる。

「あ。もう本当に限界だ。眠れもしないし動けもしない……」

「どういうことですか!?　……ああもう、お膝!?　お膝を五分貸せば解決する話なんですね!?　そうなんですね!?」

蓮治は答えない。答える気力もないのか、目が据わっている。紬は草履を脱ぎ捨てて楽屋に上がり、蓮治の頭を持ち上げて膝を差し入れた。

「蓮治さん、いかがですか？　眠れそうですか？」

「……ああ」

蓮治の薄氷のような瞳が、ぼんやりと紬を捉えた。目を開けながら眠っているような、どこか危うげな目つきだ。薄い唇が開く。

「……誠一郎、と」

「え？」

長い睫毛が一度瞬いて青い双眸を隠し、また開く。

「誠一郎、と……呼んでみてくれないか」

紬はやや面食らう。

（次の演目の役名か何かかしら？　さすが毎公演主演級のスタアともなれば、公演中に次の公演のことまで考えなきゃならないのね。でもそれを今呼べだなんて、変なの）

ひょっとして『誠一郎』とは寝付きのいい役だったりするのだろうか？　その役をなぞることで今安眠できるのならば、協力するのは無論やぶさかではない。

一瞬の間に頭を回転させてそう考え、青い双眸を見つめ返し、微笑んでみせる。

「おやすみなさい。……誠一郎さん」

途端、蓮治はすっと目を閉じ、そのまま動かなくなった。次いで穏やかな寝息が聞こえてくる。

（……本当に寝ちゃった）

よく見ると蓮治の目の下には、厚い舞台化粧でも隠せない隈がくっきりと浮いている。

紬はこれまでの人生で一番、たった五分が永遠のように長く感じられた。

遅くとも開演五分前に舞台袖に待機するとして、着付けに化粧直し、鬘のお直しに使える時間は全部で三十分。特に鬘は現時点で頭を抱えたいほど寝乱れてしまっている分、非常にぎりぎりだ。

（大丈夫。きっと間に合うわ。月城蓮治専属衣装係として、絶対に間に合わせてみせる！）

頭の中に舞台裏の動線を繰り返し思い描きながら、紬は五分間祈り続けた。


きっかり五分後に蓮治を起こし、紬は怒濤の三十分を過ごした。無事に幕は開いたが、無論のこと幕が開いてからが本当の戦場だ。二時間半の公演の間、舞台裏をあっちへ走りこっちへ走り、終演後にはへとへとになっていた。

けれど心地のいい疲労感だ。寮の自室で鬱々と過ごしていた日々に比べれば夢のように。

終演後、梶山に呼び出され、今日付けで紬の謹慎処分が解かれたと知らされた。処分期間が三日も縮まったことに、蓮治のあの駄々が絡んでいるであろうことはもはや明らかだ。

けれどあれが単なる駄々ではなさそうなことにも、紬は気付いていた。

蓮治は紬の謹慎中、一睡もできなかったと言っていた。もしそれが本当ならば一大事ではないだろうか。新帝國劇場の大スタアにして看板俳優が、日常生活に何か問題を抱えていることになりはしないか。

この件に関して蓮治本人と話してみるべきだという思いと、一衣装係が首を突っ込む問題ではないという思いがせめぎ合う。もし本当に蓮治が睡眠時間を確保できない生活をしているのならば、誰よりも先に蓮治のマネージャーが何か対策を講じているだろう。しかしそれならば、なぜあんなに寝不足が顔にくっきりと表れるまで放っておいたのだろうか。

（寝不足の蓮治様、なんだか危険な迫力があって、あれはあれで素敵だったわね。ファンには見せない顔だろうしちょっと得したかも……って違う！）

己の思考回路の愚かしさと不謹慎さに、自己嫌悪で思わず壁に頭を打ち付ける。

しかしそれはそれとして、あの怒濤の時間を己の腕で何とか乗り切ったという経験は、紬の衣装係人生、ひいては職業婦人人生に大きな自信をもたらしてくれた。あれを乗り越えたのだから今後何が来ようともう怖くない、というある種の無敵感すら感じる。

それにこの騒動の発端となった詩子が、すっきりとした笑顔に戻ってくれたことで、紬の苦労はすべて報われた気がした。紬が自宅謹慎処分となっていた間、詩子は自分の上長や梶山に、紬の無罪放免を毎日直談判してくれていたらしい。新帝國劇場においての懲戒の規則として、謹慎となった者にそうでない者が会ったことが知れると、前者の罰が更に重くなってしまう。そのため詩子は毎日紬の部屋の扉の前に手製のおにぎりやおかずを差し入れるに留め、そこに謝罪や謝礼の言葉を一筆箋にしたためて添えてくれていた。紬からすれば、騒ぎを大きくしてしまったことに対して詩子から責められても仕方ないと思っていたので、その差し入れや手紙を見て心底安堵したものである。

現場に復帰した夜、遅い時間に詩子は紬の部屋を訪ねてきて、目に涙を滲ませながら何度も礼を言ってくれた。どうやら三戸のほうは暴力沙汰の被害者ということで何の懲戒処分も受けていなかったのが、今日になって紬と入れ替わりに自宅謹慎処分となったらしい。

「私なんかの直談判に効き目があったとは思えないから、きっと第三者から強い要望があったんだと思うわ。力のある誰かが口を利いてくれたのかと最初は思ったけど、男性で役職に就いてるような人が男性《三戸》側の敵に回るとは思えない。もしかしたら私と同じような被害を受けた女性たちが、連名で声を上げてくれたのかも。何にしてもありがたい話よ。あんなクズ男、罰を受けて然るべきだもの！」

とは詩子の言だ。

紬は布団に横になり、置き時計を見る。日付はとっくに変わっているが、昼日中に同じように布団から置き時計を見上げたときより、体の中は活力に満ちている。

（私は幸せ者だわ。何はともあれ仕事では求めてもらえていて、素敵な友達までいる。この先きっと何があっても、自分の力で乗り越えていけるわ）

充実感を夢見心地に味わいながら、紬は目を閉じた。明日から千秋楽までの怒濤の日々も、その次に待ち受ける新たな公演も、そのまた次も、どんな問題だってきっと何もかもうまく越えていけるだろう。

――その時は確かに、そう思っていた。

問題は予想もしていない方向から急にやってきた。

しかも紬の人生の中で三本の指に入るほどの、いや頂点を極めるほどの、とびきりの大問題が。

＊＊＊

小野寺家は、元を辿れば華族を源流に持つ名家だ。

紬の父、茂《しげる》はその名家の四男として生まれた。上に兄が三人もいれば、どう転んでも親の資産は絶望的にあてにできない――そう考えた茂少年は将来は商いで身を立てることを早々に決意し、大学卒業後すぐにそれを実行した。幸い事業はうまく時代の流れに乗り、今に至るも年々業績を伸ばし続けている。

その商家小野寺家に一人っ子長女として生まれた紬は、環境も相まって根っからの職業婦人気質だった。加えて極めて美男で仕事ぶりも完璧な『推し』がいたことにより、お見合いやら婚姻やらという話題には縁遠い人生を歩んでいた。女学校時代の友人たちの中にはもう何人も結婚している者もいるし、恋人がいる者も多いが、似た環境というのは似た気質の人間を集めるものである。今紬の周囲にいる同年代の女性たちは、詩子を含め、「今はとにかく仕事に生きる」あるいは「推し活が充実しすぎていて身近な男性が目に入らない」という者ばかりだった。

茂は紬に婿を取ってもらい、ゆくゆくは事業を継いでほしいと思っているようだったが、紬からすれば気の重い話ではあった。父親が心血を注いでいた会社をみすみす潰したくはないけれど、跡を継ぐなら血縁など関係なく、今現在会社に貢献してくれている誰かの中から選んでほしいと考えていた。紬は劇場で働くのを今や天職だと思っており、劇場以外の場所で生きる自分など想像もできないからだ。

それに正直なところ、『蓮治様推し』から降りた今となっては、しばらくは男性はこりごりという気分だった。すべての男性があんなに裏表が激しいとは思わないけれど、今後どんなに素敵な男性とお付き合いをしたとしても、交際中にどんなに優しく接してもらったとしても、「実は本性は冷たくて傲慢で、まるで小間使いみたいにあれこれ命令されることになるかも」と勘ぐってしまいそうだからだ。それは紬の精神衛生上においても、相手の男性に対する礼儀という面においても、避けられるものなら避けるべき事態のように思う。

――あの平手打ち事件から二週間と少しが経過した。千秋楽後、次の舞台に向けての衣装制作が始まるまでのしばらくの間、紬たち衣装部員には休暇が与えられる。

同じ衣装部の先輩方とあちこち息抜きに出かけたり、時には一人で日比谷の街を散策したりしながら、紬は安穏とした休暇を謳歌していた。次の戦場に身を投じるまでの、束の間の穏やかな時間だ。仕事はもちろん大好きだけれど、だからこそ公演と公演の間のこの休暇も大好きである。激務の間は休暇を心の励みにしている部分も大きいが、いざその休暇に入ると、特に終盤には「早く働きたい」とうずうずして、情熱の炎がまた大きく燃え上がるのだ。その、自分の体の中に活力が満ち満ちていく感覚が、紬は何とも言えず大好きだった。

その日も紬は日本橋の百貨店に仲のいい先輩の一人と一緒に出かけ、素敵な色柄の生地を奮発して購入し、休みの間に洋装のスカートでも一着拵えてみようかと足取りも軽く寮に帰ってきたところだった。いつもの習慣として郵便受けを確認し――個人宛の郵便物だけでなく、新帝國劇場からの社員向けの周知の書類が入っていることもあるからだ――、一通の封書が届いているのを見つけた。

差出人を見ると、母親からだ。母はあまり筆まめなほうではないが、いつも紬の休暇を見計らったように――実際、新帝國劇場の公演日程表などを見て見計らっているのだろうが――様子を窺う手紙をくれる。大体「仕事はどうですか」「きちんと食べていますか」という当たり障りのない内容が主で、たまに実際に劇場に足を運んで観劇してくれたときなどは、公演や衣装の感想なども書き添えてくれていたりもする。基本的には紬に関することばかりで、母や父がどう過ごしているかなどはほとんど二の次といったふうだ。大きな怪我や病気もないようで、いつも「こちらは特段変わりなく過ごしています」という一文のみである。

今度の手紙もきっとそういう穏やかで代わり映えのしない内容だろうと思いつつ、紬は自室で封筒を開いた。便箋を取り出してみると思った通り一枚だけだ。公演を観に来てくれたときにはもう一枚追加されるが、今回は多忙で叶わなかったようだ。

紬はそれを毎回、ほんの少し残念に思う。自分が今人生の情熱を十割傾けている仕事を、やはり大切な家族には観てもらいたいから。

（まあ、家の事業が忙しい時期とこちらの公演日程の都合なんてまったく噛み合わないことのほうが多いんだから、言っても仕方ないけどね）

そんなことを考えながら、紬は軽い気持ちで、きれいに折りたたまれた便箋を開いた。

次の瞬間、その便箋を取り落とした。

「……え？」

呆然とした呟きは、一人住まいの部屋にただ虚しく響き渡る。

――母親からの手紙には、『このたびお父様が莫大な借金を背負ったので、事業を手放すことになりました。今後のことはまた追って連絡します』と、たった二行、淡々とそう書かれていたのだ。

「――事業を手放すことになりました、じゃないでしょうが!!」

韋駄天もかくやという勢いで、紬は実家に駆け込んだ。

小野寺宅は、いかにも一代で財を成しつつあるといったふうの、普通よりも少し大きな家構えだ。独立したとはいえ元華族の血筋の者の住まいとしては質素ではあるが、親子三人が暮らすには十二分だった。今やその家に夫婦二人暮らしだから、まったく使っていない部屋もあるほどだ。

とにかくそんな小野寺宅――紬の実家の居間では、両親が卓に向かい合って呑気に茶を飲んでいた。

あら、と母親が少し目を丸くする。

「紬ちゃん、帰ってきたの。連絡するから待っていてって手紙に書いたのに」

「待っていてなんてどこにも書いてなかったし、書いてあったところで待てるわけないでしょ!?」

肩で息をしながら紬は思わず声を荒らげてしまう。

新帝國劇場近くにある寮から小野寺宅までは、直線距離ではさほど遠いわけではないが、いざ移動するとなると路面電車やバスの乗り継ぎが必要になる。今からすぐに寮に取って返しても、寮の門限――休暇中にのみ設けられている――には間に合わないだろう。しかし外泊許可を申請する暇も余裕もあるわけがなく、鉄砲玉のように飛び出してきてしまった。戻ったらまた懲戒処分ものかもしれないが、今度ばかりは事情が事情だけに仕方がない。明日の朝一番に寮の管理者に電話をし、家庭の事情だと説明するしかないだろう。

母親からの手紙を握り締めたままの手を、紬はわなわなと震わせた。

「一体どういうことなのよ、莫大な借金って！」

手紙に書かれていた張本人である父親は、湯呑みを手に持ったまま目を瞬かせている。

「心配して帰ってきてくれたのかい？　嬉しいなあ、休暇のたびに顔を見せろと何度言っても聞かなかったあの紬がねぇ」

「そうねぇ、あなた。紬ちゃん、お茶はいかが？　お菓子もあるわよ」

「和んでる場合じゃないでしょ⁉　お茶もお菓子も結構です！　いいから一体何がどうなってそうなったのか、一から説明してちょうだい！」

ばん、と卓に両手を叩きつけた勢いで、茶托が跳び上がった。両親は完全にお転婆な娘を微笑ましく見守るような笑顔でこちらを見ている。二人とも商売で身を立てているだけあって、日頃は他人に隙を見せずてきぱきと動き回る気質なのに、ひとたび親子水入らずになるとこの通りなのだ。

両親は互いに目配せし合った。いよいよ深刻な話が始まる、と紬は身構える。

父親はしかし、ほのぼのと笑いながら告げてきた。

「いやあ、お父さんの学生時代の親友が、多額の借金を抱えたまま海外へ失踪してしまったみたいで、連絡が一切取れなくなってしまってねぇ」

「……は？」

脈絡のない話に目を丸くする紬をよそに、父親はさらなる爆弾発言を至ってほのぼのと続ける。

「実はお父さん、昔その人の連帯保証人になってしまっていてね」

「はい!?」

「親友の借金をお父さんが全額負担することになってしまったというわけなんだよ。ははは、困ったね」

「うふふ、嫌だわあなた、親友じゃなくて元親友の間違いでしょう？」

「そうだったね、はっはっは」

二人の微笑みと声音には今や氷のような冷たさが交じっている。こちらの背筋が薄ら寒くなってしまうような笑顔だ。二人が無礼な取引先や客に対して怒るときには昔からこんな感じだった、と紬は不意に思い出した。

紬は呆然と呟く。

「……つまり、お父さんを裏切ったその元親友って人の借金を肩代わりするために、会社を手放すしかなくなったってこと？」

「あら、少し違うわ紬ちゃん。正しくは、うちの財産すべてなげうった上に事業を手放してやっとどうにか返せるかしら～微妙だわ～って額の借金の肩代わりをすることになったのよ」

「余計悪いじゃないのよ!!」

頭を抱えて喚く。現状はどう贔屓目に見ても絶望的だ。

「……そうだわ！　私のお給金を家に入れたら少しは足しになる？　まだ見習いだからお

給金そんなに高くなくてたくさんは無理だけど、寮生活と仕出し弁当のお陰で生活費はかなり浮いてるのよ」

「それはいけないよ。紬はもう家を出て働きに出ている立派な大人だ。お給金はお前自身のために使ったり貯めたりするべきだよ」

「言ってることはとても真っ当だし素晴らしいんだけど、今それどころじゃないのよお父さん。非常事態なのよ、わかってる？」

しかし父親は首を横に振った。

「だからこそだよ。この窮地はお父さんの力で乗り越えるべきなんだ。お母さんには苦労を強いることになってしまうけれど……」

「あなたの人の好さはよーくわかってるわよ。『私が傍で見張っていてあげなきゃ』と思ったから求婚を受けたのに、連帯保証人になるのを防げなかったのは私の責任でもあるわ。一緒に乗り越えていきましょう、茂さん。大丈夫、きっと完済できるわよ」

「茗子《めいこ》さん……」

二人は何やら感動的に見つめ合っている。

しかし二人が言うほど事態を楽観視してはいられないことぐらい、紬にもわかった。職を失うのだから再就職先を早急に探さねばならないし、この家の中にあるものだって差し押さえられてしまうだろう。ひょっとすると家そのものさえも。そうなれば新しい仕事の給金で家賃を十分払っていけるような住まいを急ぎ探さなければならないし、借金を完済するまで二人は自分の楽しみもほとんど持つことができないまま働き詰めになってしまう。

そして何よりも。

「……お父さんとお母さんがあんなに一生懸命働いて大事にしてきた会社を、手放さなきゃならないなんて」

両親が立ち上げから毎日毎夜ずっと心血を注ぎ、愛情を込めてきた事業。二人がどれだけ大切に思っているかなんて痛いほど知っている。それを他の財産ごと手放さねばならない事態に陥ってしまったのに、二人は紬には一切割を食わせない覚悟でいる。

紬は拳を握り締めた。悔しさと憤りで涙が滲んでくる。

「私にできること、何もないの？　お金を受け取ってくれないなら、せめて他に何かできることはない？　何でもいいわ。あるなら教えてちょうだい、お願いよ」

必死に言い募る。すると二人は少し悲しそうな顔で目を見合わせた。

何かあるんだ、と紬はすぐにぴんとくる。

「いいから言って。どんなことでもいいから」

さらに言い募るが、二人は逡巡している。やがて父親が目を瞑って首を横に振った。それを見て母親がひとつ嘆息し、紬を見上げてくる。

「……実はね。紬ちゃんに縁談のお話が来ているのよ」

「はい？」

また脈絡がない。

目を瞬かせる紬に、母親は続ける。

「とあるいい家柄のご子息がね、ぜひ紬ちゃんをお嫁に迎えたいって申し出てくださっているの。もし結婚が成立すれば、借金はそのままそのおうちで肩代わりしてくださるともおっしゃってるのよ」

紬はあいた口が塞がらない。まさかこんな、物語の中だけで見る政略結婚のような事態が我が身に降って湧くなんて。

でも、と母親は頬に手を当てて首を横に振った。

「そんなお金のために紬ちゃんを差し出すようなこと、できるわけないでしょう。結婚しても仕事を辞める必要はないとも言ってくださっているけれど、男性と違って女性はよその家に嫁いで環境も変わるし、いずれは出産やらもあるでしょうから、そうなると仕事のほうにも影響が出てくるわけだし。だから今、正式にお断りする手続きをしようとしている途中なの。それがすっかり済んだ後に、紬ちゃんにもお父さんの借金の話をしようと思っていたのよ」

つまり手紙に書かれていた『また追って連絡します』とは、そのお見合い云々の話が解決してから改めて連絡を寄越します、という意味だったのだ。

両親はしきりに「あり得ない話だよなぁ」と頷き合っている。

しかし――紬は思った。

（それって……うちからしたら、願ってもない好条件なんじゃないの？）

借金を全額肩代わりしてくれるならば、両親は大切な事業も、財産すらも手放さずに済む。結婚後も妻が仕事を続けることを厭わないなんて極めて先進的だし、これからの時代に合っているから、結婚生活で息が詰まる可能性も低そうだ。それにどこの誰かは知らないが、どうやら紬のことを知った上で妻にと望んでくれているらしい。これは女性に生まれたからには一度は憧れてしまう場面ではないか。

総じて、小野寺一家の現状を踏まえれば、受けない手はない申し出のように思う。

――紬が生け贄として、どこの誰とも知らない相手に問答無用で一生を拘束される、というただ一点を除けば。

とにかく、と両親はこちらを安心させるような笑顔を浮かべてみせた。

「何の心配もいらないよ。きっと何とかしてみせるからね。紬は紬のやりたいこと、やるべきことをしっかりやりなさい」

「せっかく御贔屓さんと同じ職場で、得意のお裁縫を生かしたお勤めができてるんだもの。紬ちゃんが自分の生活の環境を変えてしまう必要はありませんからね」

やはり二人は紬のために、自分たちの何もかもを犠牲にするつもりなのだ。

傍から見れば父親の自業自得なのかもしれないけれど、誰かを信じて助けになってあげようとした人が、その誰かに陥れられてすべてを失ってしまうなんて、絶対に間違っている。

紬は拳を握り締め、その場はひとまず頷いておいた。

しかしその胸中では――あるひとつのことを、固く決意していたのだった。

紬は翌日、両親に、その『とあるいい家柄のご子息』とやらからの求婚を受けると告げた。

決心は固く、両親がいくら紬に考え直すよう説得しても無駄だった。

両親が紬に犠牲を払わせたくないと思っているのと同じように、紬もまた、両親に犠牲を払わせたくなどないのだ。それに誰かが割を食わなければならないのなら、その割は少ないほうがいいに決まっている。今回はそれが紬だった、というだけの話だ。

求婚を受けた本人がはいと言ってしまえば、後はもうとんとん拍子である。

まるで紬の休暇の日程に合わせたかのように、あれよあれよという間にお見合いの日取りが決まった。「どうせ相手がどんな人でも求婚を受けるのだから」と紬はろくにお見合い写真なども見もしないまま、お見合い当日はすぐにやってきた。相手の名前が『時村誠一郎』というらしい、ということすらも、お見合い当日に知るというほどの投げやりさだった。覚悟は決めたものの、やはり嫌なものは嫌だという気持ちがどこかに燻り続け、紬を意固地にさせていたらしい。

――そして、今に至るというわけだ。

自らのお見合いの場で紬は、誰かに対しての怒りのような、憤りのような気持ちで頭が沸騰しそうになっていた。その誰かとは、目の前にいる青い瞳の美しい青年に対してではない。

月城蓮治という玲瓏たる芸名を持つ――時村誠一郎氏その人に対してでは。

(相手が美の妖精だなんて、こんな、こんな……)

紬がいくら捨て鉢な気分だったとはいえ、さすがに今日は綺麗な着物で着飾っている。

――それなのに。

(いくらきれいにお化粧して着飾ったところで、相手側の男性がすっぴんでこんなに美しいんじゃ、女性の立場がないじゃない！　ああ、今日も顔がいい……！)

しかしそんなことは今は大きな問題ではないのだ。

まさかお見合い会場に向かったら、そこに元推しがいるなんて。そんなあり得ない事態、一体誰が想像できただろう。

当の誠一郎、もとい蓮治はふてぶてしい態度で茶など飲んでいる。

紬の脳裏に、舞台裏で蓮治に散々こき使われた日々が駆け巡る。一度も褒められたり礼を言ってもらったりしたことはないし、こちらの仕事に対して一言文句をつけるのは当たり前、何でもかんでもやってもらって当たり前……。

(こんな人と結婚しようもんなら私、妻という名の召使いにさせられる！)

職場でも自宅でも同じ人物の召使いのように働き続けるなんて、そんな人生、紬の心の安寧はどこにあるのか。いくら見た目が好みど真ん中でも限界がある。

縁談が決まって以降、あんなにも投げやりで捨て鉢で、そのくせ意固地に振る舞っていた自分自身に、頭を掻き毟りたいほどの怒りと憤りを感じる。なぜこんな、お見合いの場などというにっちもさっちもいかない状況になるまで、自分の立たされた場所を正面から確認しなかったのか。釣書を確認していれば、いやせめて名前だけでも真面目に聞いておけば、もう少し何とかやりようがあったかもしれないのに。少なくとも、こんな無駄に着飾った姿で、面と向かって破談を突きつけるような醜態は晒さずに済んだだろうに。

だがいくら過去の自分に怒りを覚えようが、時間を巻き戻すことはできないのだ。ならば今、紬にできることは、抵抗ただひとつ。

紬は胸の前で握っていた両手を拳の形にし、正座をしている自分の両膝の上にどんと叩きつけた。

隣に座っている両親が、さすがに娘のただならない様子を察知したのだろう、はらはらした表情でこちらを見ている。

（お父さん、お母さん、ごめんなさい。私、私――）

およそ年頃の娘とも思えないほど肩を怒らせ、紬は目の前の男をびしりと指さした。

「私……っ、もうあなたを好きになりませんから！」

人生の晴れ舞台への階段、お見合いの場に現れたその相手に向かって、紬は更に言い募る。

「あなたと結婚なんて、私、絶対したくありません！」

隣から小さい悲鳴が上がったが、紬は息を荒らげて目の前の男を睨みつける。

男はやはり紬の強い眼差しも、突きつけられた言葉さえもまるでなかったかのように、涼しげな顔でこちらを見た。

悔しいことに、その姿すらも額に入れて飾りたいほど、絵になっているのだ。

「お前がどう思おうが関係ない。この俺がお前を娶ると決めたんだ。お前は黙って言うことを聞いていればいい」

その言いように思わず眩暈がした。

（くっ……！　言ってることはクズ男のそれなのに、顔がいいがゆえに様になってる……！）

それに、と蓮治は薄氷の瞳を細める。

「いいのか？　断ると困ることになるのはお前だぞ」

「……どういう意味ですか？」

紬が慎重に問うと、蓮治は紬の両親のほうをちらりと見た。言いたいことはわかる。両親のことを出されてしまえば、紬には選択肢がなくなる。けれど無理なものは無理なのだ。目の前で繰り広げられているお見合いとは言いがたいやり取りに、紬の両親はただただ目を白黒させている。

蓮治はふっと皮肉めいた笑みを浮かべた。

「俺の父親は、男は結婚してようやく一人前という考えの持ち主なんだ。このまま半人前で居続ければ、俺は役者を辞めさせられて家業を継がせられる」

「……はいぃ!?」

形のいい唇から心地のいい声で突然信じがたい言葉が紡がれて、紬は耳を疑う。

思わず蓮治の隣にいる中年の男性のほうを見た。蓮治の父親だ。輪郭や口もとが蓮治に似ているといえば似ているが、本当にこの男性の息子が蓮治なのかと思うほどすっきりとした淡泊な顔立ちをしている。蓮治の母親は今日あいにく体調が優れないらしく同席していないが、蓮治は恐らくは母親似なのだろう。とはいえ父親のほうも背がすらりと高く、背筋がすっと伸びていて、何か只者ではなさそうな雰囲気は感じるのだが。もっとちゃんと家族構成の説明を聞いておくんだった、と今さらながらに少し後悔する。

ともあれ蓮治は紬の狼狽に気付いた上で、さらに笑みを深める。

「厳密に言えば家業はもう別の人間が継いでいるから、その下で働くことになるな。それが嫌なら結婚して一人前になれ、やりたいことを続けたいならやるべきことを果たせってことだ。俺だって役者を辞めるなんぞ御免だし、劇場にも実家にも毎日ひっきりなしに誰かからの求婚が届いていて、いい加減辟易していたんだ。加えて相手側は金銭的に困っていて、こちらには俺自身にも実家にもそれを助ける用意があるときてる。ちょうどいい機会だろ」

ちょうどいいのはもちろん紬にとってもそうだ。金銭的なことに関してはあまりにもちょうどよすぎる。渡りに船とはまさにこのことだ。

しかしそれよりも衝撃的な文言に、紬は思わず固まってしまっていた。

（……役者を辞めるですって？　月城蓮治が？）

それは帝国の演劇界においてあまりに大きな損失だ。そんなことがあってはならない。

元推しが引退する、という点においても確かに切ないものはあるが、事態はそんなせせこましいことにとどまらないのだ。こんな素晴らしい才能が舞台を離れ、何かはわからないが家業を――しかも誰か別の人間の下で――して普通に暮らすだなんて。推しとか推しじゃないとか、そんな些細なことを飛び越えた大問題である。

「ぜ、絶対にだめです！　あなたが役者を辞めるなんて、新帝國劇場の舞台を降りるだなんて、そんなこと絶対にだめ！」

そうだろう、と蓮治は口の端を歪めて笑った。そんな表情すらもうっとりするほど美しい。

その顔のまま、蓮治は爆弾発言を紬に放り投げた。

「何せお前は俺の――贔屓筋《ファン》だからな」

――その薄氷の双眸に氷漬けにされたかのように、紬はびしりと固まった。

「なっ……なな、な……なんでそれを⁉」

ついさっき「もうあなたを好きになりません」と口走った事実など紬の念頭からは消え去っている。

するとと蓮治は自分の胸と腹の境目あたりを指さしてみせた。

「でかい黒薔薇」

「ギャー!!　お、おぼっ、覚えてっ……!?」

「あんな強烈な記憶、そうそう忘れられるか」

その強烈な記憶をこの半年隠し通していたらしいこの美しい悪魔は、しれっと続けた。

「あのときのお前ときたら、そりゃもう重かったぞ。気をつけの姿勢で硬直して」

「いやぁぁ!!　もうやめてぇぇ!!」

隣から両親に宥められながら、紬はあまりの羞恥に頭を抱えるしかない。

(一体いつから!?　なんであれが私だって気付いたの!?　もももしかして、初対面のときからずっと――)

蓮治と初めて目が合ったのは一体いつだったか。いつだったとしても、それから蓮治はきっと内心でにやにやしながら、何も知らないふうを装って紬と接していたのだ。

(元推しに認知されていたなんて、しかもこんな形で!　もうだめ、ここから消えていなくなりたい……!)

「誠一郎」

蓮治の父親が窘めるように息子を呼ばわる。蓮治は父親をちらりと一瞥し、紬のほうに視線を戻す。

「ひとつ追加で、そちらに有利になる条件がある。真面目な話だ」

そう言われては一旦姿勢を正すよりほかない。まだ顔が熱いが。

蓮治は意地の悪い笑みをすっと収め、青い双眸でこちらを射貫くように見つめてきた。

「この縁談にあたり、そちらのご両親からひとつ条件を提示された。結婚後の生活がお前の仕事に不利益を被らせないよう便宜を図ってほしいと」

紬は思わず両親の顔を見る。ただでさえ借金を全額肩代わりしてもらうという破格の条件つきなのに、紬のためにさらに吹っ掛けたのか。それを相手にしっかり呑み込ませるあたり、さすがは商売人夫婦だ。

蓮治は続ける。

「俺としてもお前の腕は買っている。見習いと言っても衣装部の他の連中よりはましな仕事をするからな」

「……珍しいですね。褒めてくださるなんて」

「他の連中の技量が話にならなさすぎるだけだ」

むぅ、と紬は思わず頬を膨らませる。期待したこちらが馬鹿だった。

「とにかくお前の仕事に悪影響が出て困るのは俺も同じだ。さっきはそちらに有利な条件と言ったが、こちらとしても利益はあるというわけだ」

紬は息を呑む。

「その条件って、一体何なんですか？」

すると蓮治はばさりと何かの冊子を卓の上に載せた。きれいに製本されており、鮮やかな色合いの表紙までついている。表紙には題名のような文言が書かれている。

「……？　何ですか、これ？」

「次回作の台本だ」

「過剰供給です今すぐしまってください!!」

「馬鹿、真面目な話だと言っただろう」

そうは言われてもまだ衣装部内には台本は共有展開されていない。見習いの紬のもとに台本が届くのはいつも、梶山が衣装の方向性やざっくりとした意匠を決めた後、先輩方に大まかに仕事が割り振られてしばらく経ってからだ。

ファンとしても上演前——それどころか稽古開始前——の台本を目にするなど身に余る供給であるし、衣装係見習いとしても、自分の領分を越えることだ。紬は目を両手で押さえつつ、指の隙間からちらりと蓮治の顔を覗く。

すると蓮治は至って真剣な表情で、台本のとある頁を開いてこちらに向けてきた。なぜかはわからないがとにかく見ろということだ。紬は恐る恐る指を外し、その頁を見る。

どうやら登場人物の一人である青年が、恋人の不慮の死に際して嘆き、復讐を誓う場面のようだった。体の内から燃え上がるような憎しみと、悲劇的な状況に置かれた青年のある種の凄惨な美しさが、恐らくは舞台装置でも照明でも衣装でも表現されることだろう。きっと観客の心に強く残る一場面になるに違いない。

その青年にはカタカナで西洋ふうの名前がつけられており、その名前にはすべて赤鉛筆で印がついていた。ということは、これが蓮治の役なのだろう。

次回作もまたすばらしい舞台になるという確信に、紬の胸が昂揚する。

（そんな場面のお衣装の手直しや着付けを担当できるなんて、つくづく幸せな仕事だわ。……あれ？　でもいつだったか次回作の役名、日本人の名前だと思ったような……どんな名前だったのかも忘れたけれど、そもそもなんでそんなことを思ったんだったっけ？）

そんなこちらの胸中などお構いなしに、蓮治は続けて言い放った。

一人の職業婦人として、そして矜持ある衣装係として、断じて聞き逃すことのできない言葉を。

「この場面で俺が着る衣装を、意匠の立案から制作まですべてお前に任せる。そして今後の公演でも、俺が着る衣装を必ず一着以上は同じように担当してもらう。経験と実績を積んで、早く見習いから正式な衣装係になれ。——これが条件だ」

「……。ええぇぇっ⁉」

——そんなこんなで、衣装係と俳優、ファンと元推し、そんな二人の先行きの見えない契約結婚生活が幕を開けるのだった。

第二章　そんな喧嘩は犬も食わない

柔らかい朝の日差しが、大きな窓から差し込んでくる。

大きな両開きの硝子戸の上に半円窓がついたそれは、房飾りでゆったりとたわませた厚手のカーテンによって半分ほど覆われている。たっぷりとあしらわれたレースにより、陽光は光の粒となって部屋の中に降り注ぐのだ。

天蓋付きの柔らかな寝台の中で、紬は穏やかに目覚め、明るい部屋の中から窓の外を眺める。

そこには西洋式の庭園が広がり、芝生や花々が朝露できらきらと煌めいている。まるでこの世の楽園だ。小鳥たちの囀《さえず》りが耳に心地好い。

「紬さん、おはよう」

芳しい紅茶の香りとともに、部屋に入ってくる人がいる。

紬はそちらを向いて微笑む。

「おはよう。美しい朝ね」

「ははは、紬さんのほうがその何倍も美しいよ」

その人は爽やかに微笑み、紬にティーカップを差し出してくれる。金彩の縁取りに桃色の小花柄が、華やかでありつつも可憐だ。目を閉じて、いい香りのする湯気を吸い込む。

愛しい人は寝台に腰掛け、紬の頬を撫でる。

「今日は昨日よりも愛しているよ、僕の愛しい人」

「ええ。私もあなたを昨日よりずっと愛してるわ。そして、明日は今日よりももっと」

そうして二人は微笑み合う。どちらともなく顔が近づいていく。

そしてその唇が重なる距離にまで近づき――

「――っていうか誰なのよ、あんたは!!」

いつもと同じように今朝もまた、紬はそこで飛び起きた。

＊＊＊

あの衝撃のお見合いから二月が経過した。

お見合いの後わずか一月の間に、婚姻の手続きと、それに付随する様々な手続きが目まぐるしく完了した。二人が籍を入れた後、小野寺家の借金問題は時村家の力により無事に解決し、小野寺茂は借金のカタに事業を手放さねばならないという人生最大の危機を脱するに至った。

そしてそれからいくらも経たない間に、紬の住まいは新帝國劇場の独身社員寮から、月城蓮治の一人住まいの一戸建てに移った。

新帝國劇場が用意したという蓮治の住まいは赤坂のほうにあった。てっきり日本橋あたりの一等地に住んでいると思っていたファン紬が「そっちかー！　でもそりゃ劇場の近くになんてきっといろいろと障りがあって住めないわよね！」と脳内で叫んだものだ。マネージャーが運転する自動車の後を追いかけて自宅を突き止めようとするファンも実は少なくなかったため、マネージャーは毎日巧妙にあらゆる道を迂回して、蓮治を安全に自宅から劇場へ、そして劇場から自宅へ送り届けていたのだった。

とはいえ運悪く家が突き止められてしまった場合には、やむを得ず転居していたらしく、この赤坂の家は五軒目ということだった。デビュー間もない頃は紬のように寮暮らしだったそうだから、最初の一回目は栄転と言ってもいいのかもしれないが。

ともあれ紬は月城蓮治の自宅を晴れて突き止めるに至ったわけだが、ファン時代のような胸の高鳴りなど一瞬で、すぐに気分は地面を抉る勢いで沈んでいった。

小野寺紬と月城蓮治の電撃結婚は、実はまだ世間には伏せられている。

それどころか新帝國劇場のほとんどの関係者にもだ。

知っているのは両家の家族、それも本人たちに近しい者たちと、血縁者以外では新帝國劇場の経営陣の上層部と蓮治のマネージャー、そして紬の上長である梶山だけである。

理由は偏に、蓮治のファンたちの混乱を防ぐためだった。

既に新作公演の告知は大々的にされており、公演の切符も順調に売れている。この段階で結婚を発表してしまうのは、徒に混乱を招くだけだと判断された。その判断は概ね正しいだろう。

どの時機に結婚を発表したとしても、恐らく蓮治の女性ファンたちの一定数は確実に離れてしまう。それは致し方のないことだ。どうせ被る被害ならば最小限に抑えたい、というのが劇場上層部の意向だった。

そんなわけで、結婚発表は新作公演の千秋楽後に持ち越されることになった。

つまり稽古期間を含めて約三ヶ月もの間、紬は自分が新婚の花嫁であることを対外的に隠さなければならないのだ。

事情を知る関係者には厳重に箝口令が敷かれた。紬は詩子にさえも結婚を報告することができないままだ。

元推しと契約結婚をしただなんて、そんな驚天動地の出来事を、一人で抱えてひた隠しにしなければならないのである。

最初のうちは、紬としてはあまりにも自分の環境に大きな変化があったために、負担の捌け口として誰かに話を聞いてもらいたくて仕方がなかった。その誰かとは他ならない詩子のことだが。

しかしいざ寮の部屋を引き払ってこっそり赤坂に移り――同じ寮生に不審がられないために、「家庭の事情で自宅から通うことになった」というていになった。既婚者となり自宅が実家から時村邸に移ったため嘘は吐いていない、というところがみそである――、蓮治と暮らすことになった紬には、それまで想像もしなかった出来事が数々待ち受けていたのだ。

紬が時村邸に住まいを移した、その当日の夜。

恋人同士だったこともないため、籍だけを入れた他人同士のような状況で、更には一部の人間を除いて婚姻自体が秘されている状態である。紬に妻としての自覚など生まれようはずもなく、蓮治を夫だともまだ受け入れきれていない状況だ。

幸いにして時村邸は一戸建てで、部屋は余っていた。だから紬は当たり前のように、適当な部屋にあたりをつけて、「このお部屋を間借りさせてもらいますね」と告げた。蓮治は広すぎる家を完全に持て余している様子だったが、恐らくはマネージャーが定期的に清掃を入れているのだろう、使われていない部屋であってもどこも清潔に保たれていた。寝具も今すぐ使える状態に整えてあったので、紬はこれ幸いと使わせてもらうことにしたのだ。

一方、それを聞いた蓮治は形容しがたいほど妙な顔をしていた。彼の傍でずっと働いてきた紬ですら、初めて見る表情だった。美の女神に愛された美しすぎる鳩が人間の姿になって豆鉄砲を食らったらこんな顔だろうか、と思うような表情だ。

「お前は下宿する学生か何かか？」

そう言われて、紬はさすがに憤慨した。

「失礼な。お家賃は払いますよ、私だって働いてるんですから」

蓮治はますます妙な顔をした。

「お前、時村紬になったんだよな？　俺の思い違いか？」

「……？　まさしく私は時村紬ですけど、何か？」

実はファン時代の紬は「蓮治様と結婚したら私、月城紬になるのね。なんて高貴な響き……」と夢見がちに妄想していた。紬にとってのときめきの対象は他の何でもない月城姓だったため、時村姓は別段ときめきの対象でも何でもないのだ。

それにそもそもこれは契約結婚なのだから、甘い新婚生活であるかのように振る舞う必要などないはずだ。蓮治だって紬にそんなことは求めていないはずである。紬は蓮治が新帝國劇場での役者の仕事を辞めさせられてしまわないようにするための駒にすぎないのだから。

首を傾げる紬に、蓮治は珍しく何かを諦めたように溜息を吐いた。

「……もういい。話しても無駄だろうからここは一旦俺が折れてやる」

珍しいこともあるものだ。傲慢な劇場の暴君が折れるなんて。何に対して折れているのかさっぱりわからないが。

「変な蓮治さん。それじゃ、お部屋お借りしますからね」

「借りるも何も、ここはもうお前の家でもあるんだぞ」

「あ、そっか。何だか変な感じですね」

思わず笑うと、蓮治はなぜかその青い瞳を眩しげに細めた。

「……お前、俺をずっとそう呼ぶつもりか？」

「え？　だって今さら蓮治さん以外の呼び方できませんよ。私にとってはずっと蓮治さんは蓮治さんなんですから」

蓮治は嘆息した。これもまた珍しい。人を小馬鹿にしたように鼻を鳴らすことはしょっちゅうだけれど、こんなに何かを諦めたふうに溜息を吐く姿を見たのは恐らく初めてだ。何を諦めたのかはまったくわからないが。

「おやすみなさい、蓮治さん」

そう告げて部屋に引っ込もうとしたら、蓮治の手が伸びてきた。

扉を押さえてくれるつもりなのかな、珍しいな、と思ったそのときだ。

蓮治の手が、くしゃりと紬の頭を撫でた。

驚きのあまり蓮治を見上げるが、彼はもう向こうを向いてしまっていて、どんな表情をしているのか見ることはできない。

遠ざかっていく背中を見つめながら、紬は撫でられた頭を両手で押さえ、呆然と立ち尽くすしかなかった。

（……本当に珍しいこともあるもんだわ。あの冷酷な暴君でも、やっぱり独り住まいは寂しかったのかしらね）

自分がここに越してきたことで、彼が人間らしい温かみを取り戻してくれるのならば、それはとても喜ばしいことのような気がする。

（なんてね。彼も私も、お互いの利害が一致したから籍を入れただけだし。私がここに越してきたのも、夫婦なのに同じ都内で別居してるのが不自然だからってだけよ）

撫でられたところからじわじわと全身に熱が行き渡っていく感じがする。特に頬が熱くてたまらない。

（だから、さ、さ、錯覚よね？　まさかね？）

――彼に撫でられて跳び上がるほど嬉しい、だなんて。

まさか、そんなこと。

舞台の稽古期間中、新帝國劇場のすべての部署は活発に動く。

年間を通してまとまった休暇期間のない劇場運営などの一部の部署を除いて、多くの部署が休暇明けに一斉に動き出すから、その様子はまるで啓蟄《けいちつ》だ。とはいえ本番中ほど常軌を逸した忙しさになることはない。各部署がそれぞれの配分で概ね無理なく本番を目指す。

大道具などの舞台装置や、小道具の中でも主に舞台上に置く出道具を手がける美術部は大工仕事に精を出し、書き割りという背景画を描く絵師たちが筆に魂を込める。演者が持つ小道具である持ち道具を手がける職人や、衣装全般を担当する衣装部は、それぞれの仕事場と稽古場を行ったり来たりしながら、俳優たちの体やその場面にぴったりと合う小道具や衣装を、細かい修正を繰り返しながら制作していく。床山が膨大な量の鬘の髪を結っては解く。劇作家が演出家のあでもないこうでもないという指示に毎日原稿用紙と万年筆を前に頭を抱える。演出家が劇場上層部のあでもないこうでもないという指示とこだわりの強い俳優たちの間に挟まって頭を抱え、劇場上層部が後援者や出資者のあでもないこうでもないという要望に頭を抱える。

そんなこんなで、ごく一部の者が一時的に激務になることはあれど——そして多くの人間が心労を抱えたままになることもあれど——、基本的には三食食べてきちんと寝られるし週に一度は休めるし、どんなに忙しくとも行きたいときに厠にも行けるという、最低限人間としての文化的な生活を営むことができるようにはなっているのだった。

本番期間に入れば衣装部は俳優たちと一蓮托生だが、稽古期間中はその限りではない。稽古場ですべての衣装や鬘をつけて行なう衣装付き通し稽古の日程までにはすべての衣装を仕上げておかねばならないが、そのための時間は十分に確保されている。稽古開始日よりも随分前に俳優全員の採寸を公演ごとに都度行っているし、仮縫いを済ませてしまえば、そこからは基本的に衣装制作に没頭できるのだ。

ちなみにたっぷりとした布地の外套や、女優の丈の長いドレスなどは、本番直前に急に着用してすぐに上手く捌けるものではないから、似た形のものを稽古用に仮で作ったり、他の衣装よりも優先して制作して、いち早く稽古でも使用して慣れることができるように手配したりもする。劇場所属の女優たちは自分の身長に合わせた長い丈の稽古用スカートを既に持っているから、主に客演の女優用だ。逆にそういったもの以外は、基本的には衣装付き通し稽古までは稽古場では使用しないものだから、急いで作る必要も、衣装部が稽古場に顔を出す必要もないのだった。

そんなわけで紬にとっては、職場で月城蓮治と顔を突き合せてあれこれ理不尽にこき使われることなく、ひたすら大好きな衣装作りに没頭できるという、夢のような時間である。

とはいえ紬は、稽古着で真剣に稽古に臨む蓮治の姿は、ひょっとすると舞台上の蓮治以上に素敵かもしれない、とも思っていた。

ファンだった時代には、稽古場での彼の様子など知る術がなかったから、板の上でない彼を見られる機会といえば、出入り待ちのファンに愛想を振りまく姿か、あるいは大帝國劇場の会報などに掲載されていた絵姿ぐらいだった。言うまでもなく、どちらも猫を被った姿だ。

しかし稽古場での彼は、板の上の彼とはまた違った緊張感を身に纏っている。青い真剣な眼差しに、汗に濡れて振り乱した髪。自分が出ていない場面も、稽古場に置かれた待機用の椅子に座り、他の俳優たちや踊り手たちの芝居や踊りをじっと見つめている。客演の俳優や女優が話しかけてこようがお構いなしだ。だから紬は、同じ蓮治の介添えの仕事の中でも、稽古場で使う衣装や小物を稽古場に持っていく時間は好きだった。

（蓮治さんと同じ職場にさえならなきゃ本性を知らずに済んだのも確かだけど、もしファンのままでいたら、蓮治さんのこんな姿を一生知ることもできなかったのよね。そう思え

ば差し引き零なのかも）
紬は稽古用の小物が入った籠を抱えたまま、扉の小さな窓越しに稽古場を覗き込む。そして真剣に稽古に臨む蓮治の姿を両目に焼き付けると、満足げに頷いて、衣装部屋に戻っていくのだった。

「覗きに来るくらいなら稽古場に入ってきたらどうだ」

その日の夜、対面で食卓につくなり蓮治はそう言った。

一応結婚二日目の夜だが、もちろんそんな自覚など紬にはいまだこれっぽっちもない。契約上のこととはいえ妻ではあるのだからと、食事の支度くらいはするつもりだったのだが、俳優たちの稽古時間というのは基本的に昼前から始まり、毎日夜の九時や十時にまで及ぶ。稽古の進み具合によって早く帰れる日もあるようだが、そういう日でも蓮治は空いている練習室で自主稽古をしていることが多い。だから夕食の支度というものは、休暇期間や休日でもなければ必要ないということだ。加えて蓮治は朝食を取らない。万年寝不足で朝は特に胃が重く、何かを食べるという行為自体が億劫らしい。

同じ劇場内に出勤する者同士であっても、部署が違えば出勤時間も退勤時間もまったく異なる世界だ。そのため紬ができる台所仕事といえば、夜遅くに帰宅した蓮治にお茶を出すくらいだった。

そのお茶を出したところでの蓮治のこの一言である。

紬はお茶菓子を卓の上に出しながら、目を瞬かせた。

「仕事もないのに稽古場に入ったら邪魔になっちゃうじゃないですか」

蓮治はなぜか手で目もとを覆って深く嘆息した。

（そんな姿も絵になるわ、蓮治さん……！）

新婚生活二日目ではあるが、『蓮治と同じ建物の中で寝起きする』こと自体は、仕事が立て込んで劇場に泊まり込むことも過去に何度もあったから慣れている。無論劇場には他にも多くの人間がいたけれど、この時村邸だって完全に二人きりというわけではない。蓮治のマネージャーが日に二度は来るし、週に一度の清掃も今後も変わらず入るらしい。だから紬にとっては仕事の延長のような感覚なのだが、一方で蓮治は、転居が多いとはいえここは紛れもなく彼の自宅である。だからだろう、『蓮治のために何かをする』という状況自体は劇場内と同じなのに、当の蓮治の様子が劇場内とは随分と違って見えた。

有り体に言えば、素の状態に近い気がする。

蓮治の素を知っているわけではないけれど、それでも劇場で彼を見たときに感じる張り詰めるような緊張も、周囲を威圧する王様のような雰囲気も、この家の中ではほとんど感じないことに紬は気付いたのだ。

言葉に含まれる棘も少ない気がするし、薄氷のような瞳も今は穏やかで温かい湖のように凪いでいる。

（そういえば……私が淹れたお茶を蓮治さんに飲んでもらうのって、これが初めてよね？）

そう考えると俄に緊張してきた。固唾を呑んでじっと蓮治の挙動を見守る。蓮治は茶托から湯呑みを持ち上げ、美しい挙動で一口飲む。嚥下とともに喉仏が動き、紬はどぎまぎした。

（なんて言うかしら。普段の蓮治さんなら「どう淹れたらこんな不味い茶になるんだ？」とか？　それとも「この茶葉でこんな泥水を作れるなんて一種の才能だな」かしら？）

彼が言いそうな酷い言葉をするすると思いつくのが切ないが、普段の蓮治が蓮治なのだから仕方ない。

蓮治がこちらを見た。紬はごくりと唾を呑む。

「これはうちにあったあの茶葉か？」

来た！　と紬は体を強ばらせる。

「はい。お台所の棚にあったお茶っ葉の封が開いてたので使わせてもらいました」

いけなかっただろうか。何度か使用したような形跡があったから、蓮治が普段飲んでいる茶なのだろうと当たりを付けたのだが。

するると蓮治はなぜか湯呑みの中をじっと見ている。

「……そうか。淹れる人間が違うと、こんなに変わるんだな」

「も、もしかしておいしくありませんでしたか!?」

いや、と蓮治は首を横に振った。穏やかな湖の瞳がまたこちらを向く。

「また明日も淹れてほしい」

気に入ってくれたんだ、という安堵よりも驚きが勝った。

「な、何か変なものでも食べたんですか⁉　『淹れろ』じゃなくて『淹れてほしい』だなんて！」

蓮治はなぜか呆れたように眉を寄せているが、紬は言わずにはいられない。

「き、昨日から蓮治さん、なんか変ですよ！　いつもの冷たくて感じ悪い蓮治さんじゃないみた――、……あ」

失言に気付いて口を押さえたがもう遅い。蓮治が半眼でこちらを睨んでいる。

「面と向かって本人に言うとはいい度胸じゃないか」

「い、今のはその、言葉の綾で」

「いい。夫婦ってのは、言い換えれば家族だろう。家族なら思っていることをある程度無遠慮に言い合ってもいいはずだ、本来なら」

あれ、と紬はその言葉に引っかかりを感じた。何だか紬との夫婦関係のことだけではない話をされた気がする。

考えてみれば紬は、一人の人間としての蓮治――時村誠一郎のことを何も知らないに等しい。

お見合いの日に彼の父親に挨拶はしたけれど、毒にも薬にもならない軽い世間話をしただけだ。母親は依然体調が優れないようでまだ会えていない。あの日あの場にいた彼の血縁者は父親だけだった。あとは蓮治側の事情を知る劇場関係者が数人同席していたのみだ。

彼は様々な記事や雑誌で舞台のことや芸術について何度も語っていたけれど、その私生活や、特に家族について語ったことは、今まで一度もなかった。

どんな家に生まれて、どんな子ども時代を過ごしたのか。

どんな少年時代を経て、今、どんなふうに家族と接しているのか。

借金のこともあって洗いざらいさらけ出した紬側と違って、こちらは蓮治側のことを何も知らない。

実際に金銭的な支援を受けることになった紬の両親は、時村家がどんなことで財を成したのかは承知しているだろう。だが紬は、自分でも知らず識らずのうちにその支援に負い目を感じてしまっていたのだろうか、自分から時村家のことを根掘り葉掘り聞くのが憚られてしまって、蓮治本人にそれを問うことができずにいた。両親にそれを確認する機も何となく逸したまま、新婚生活が始まってしまったのだ。

これは互いの利害が一致した上で行なった契約結婚なのだから、そういった込み入った事情を当事者同士で事務的に確認することは別に何の問題もないはずだ。頭ではそうわかっている。

（でも……なぜかしら）

紬は自分の胸中で起ころうとしている変化が自分でも信じられなかった。

（私、契約結婚だからとかそんな理由じゃなくて、一人の人間として――本当の蓮治さん

のことを知りたいって思い始めてる）

紬は意を決し、口を開く。拠り所を求めるように、湯呑みをしっかりと握り締めたまま。

「蓮治さんのご家族って、どんな方々なんですか」

蓮治は少し驚いたように目を見開いた。そういう顔をすると、青い瞳の美しさがよく見える。

何の細工もなく瞳がこの色であるからには、あの日あの場にいなかった彼の母親は、この国の人ではきっとないのだろう。

しかし何かしら家族のことを話してくれると思った期待に反して、蓮治は口もとを歪めて笑った。

「新帝劇以外の舞台を見たことがないし興味もないとは聞いてはいたが、本当に何も知らないいんだな」

確かに以前、何かの折にそんな話をした気がする。紬は彼に不用意にそんなことを話した自分を呪った。これでは彼に自分を馬鹿にさせる材料を与えただけだ。

「わかってますよ。舞台の仕事をしてるのに不勉強だっておっしゃりたいんでしょ」

しかし予想とは違い、蓮治は首を横に振った。昨日から本当に予想外の反応ばかり見ている。

「いや。……そうだな。きっとその程度のことなんだ」

「……蓮治さん？」

「俺の家の問題なんて、その問題の外にいる人間からしたら、取るに足らない些細なことだ」

紬は少し眉根を寄せる。

「確かにそうかもしれないですけど、家族の問題って、当事者からしたら他のことが手に付かなくなるほど悩ましいことでしょう。無理に些細だなんて思わなくていいと思いますけど」

するると蓮治は少しおどけたように眉を上げた。

「なんだ？　お前は見かけによらずそういう殊勝なたちなのか」

「見かけによらずとは何ですか、失礼な。どうせ私は殊勝でも何でもないですよ。どうせ何か悩みがあったら、他のことに打ち込んで発散するようなかわいげのない女ですよ」

思わず口を尖らせると、本当に予想外なことに、蓮治は目を細めて笑った。

「奇遇だな。俺もだ」

（……何よ）

紬は自分の胸の奥が熱くなろうとしていることに、努めて気付かないふりをする。

（そんな顔ができるなんて、聞いてない）

蓮治は茶を呷り、すっかり飲みきってしまったのか、手ずから急須を取ってお代わりを淹れようとする。紬は思わずそれを押しとどめた。

「夜にあんまり飲むと眠れなくなりますよ」

「構わない。どうせ飲まなくても寝られないからな」

「……前から気になってたんですけど、蓮治さんのその『寝られない』っていうのは、どの程度のことを指すんですか？」

「言葉の通りだ。三日寝られないまま過ごしたら、四日目に限界を迎えて二時間くらい気絶してるって感じだな。それでも三時間を超えては寝られない。その後はまた同じことの繰り返しだ」

それはあまりに想像を絶していた。

「……。今までどうやって舞台に立ってたんですか!?」

「別に、初舞台の頃からもう何年もこの生活だからな。慣れている」

慣れているとか慣れていないとかの問題ではない。人間というのはそんな異常な睡眠時間で正常に生きられるようには出来ていないはずだ。

「以前はマネージャーに言われて寝付きをよくする薬を飲んでいたこともあったが、日中舞台に上がるときにまで影響が出るからやめたんだ」

蓮治は少し遠くを見るような目をした。

「お前も芸術家の端くれならわかるだろう。芸術ってのは食ったり眠ったりするのと同じだ。生きる上で欠かせない。俺がこんな状態で普通に生きてられるのは、その分芸術に没頭しているからだろうな」

それも確かにひとつの意見としてはわかる。だが。

「そんな身を削るようなことをしていたら、いつかガタが来ちゃいますよ。舞台に立てなくなったらどうするんですか」

「それは俺も勘弁願いたいが、実際問題、寝ようとしても寝られないんだから仕方ないだろ」

「寝られないって、どうしてそんな……」

ふと、さっきから話題に上がっていた彼の家族のことが頭を過ぎる。もしかすると何か関係があるのだろうか。彼が何年も安穏として休息できない理由が、そこにあるのだろうか。

だがひとまずは目下の問題を何とかしなければならない。何しろ目の前にいるのは紬が働く劇場の看板俳優であり書類上の夫だ。倒れられては非常に困る。

紬は頭を回転させ、過去に読んだ本や、それこそ『おばあちゃんの知恵袋』のような生活の知恵、民間療法の記憶までもを漁りながら、ふと思い出した。

「あれ？　でも蓮治さん、お昼寝は毎日ちゃんとできてましたよね？」

それも幼子も驚きの寝付きの良さでだ。

蓮治の今の話を踏まえて考えれば考えるほど、始まりからしてそもそも不可解だ。

「初舞台の頃から続いていた不眠が、どうして私の膝枕で……」

言いかけて、紬ははっと息を呑む。

「もしかして……私の膝、そんなに肉厚ですか⁉」

「なんでそうなるんだ」

「だってそうとしか考えられません。きっと高級なお布団屋さんに置いてある枕みたいな寝心地なんだわ。確かに舞台の仕事を始めてから脚に筋肉がついた気がするし」

それとも、と紬は思わず声を潜める。

「……蓮治さんってやっぱり、下僕を踏みつけにすることで快楽を得るような特殊な嗜好を……!?」

「馬鹿言うな。それにやっぱりって何だ、やっぱりって。そもそもお前を下僕扱いしたことがあったか？」

「自覚がないところを見るに、やっぱり生まれながらに王様なんですね」

「急に言うようになったじゃないか。舞台裏での慎ましさはどこに行った？」

「あら、いいじゃありませんか。だってここでは夫婦なんでしょ？」

紬からすれば、普段蓮治に虐げられてきた仕返しをするいい機会だ。そう思って悪戯っぽく笑ってみせると、蓮治はなぜか目をまん丸にした。不意打ちでそんなかわいい顔をするのはずるい。

「な、何か変なこと言いました？　私」

「……別に」

蓮治はそう答えかけて頭《かぶり》を振る。

「いや、言ったな。男に向かって快楽だの特殊な嗜好だの、生娘が言う台詞か」

「殿方はご存じないかもしれませんけどね、乙女の妄想力ってそりゃもう凄まじいんですから」

売り言葉に買い言葉でそう言ってしまってから、しまった、と思う。

紬が蓮治のファンだったことはもう本人に知れている。この言い方では、まるで蓮治をそういう対象として見ていたかのようではないか。

「ちょっと待って。言っときますけど、蓮治さんで変な妄想なんてしたことありませんからね」

思わず早口で弁解してしまう。これでは余計に怪しい。俄に顔が熱くなる。

蓮治はいつもの人の悪い笑みを浮かべている。何か良からぬことを考えている顔だ。

「変な妄想？　そりゃどんな妄想だ」

「へっ!?　そそそんなこと乙女の口からは――」

蓮治の腕が卓の向こうから伸びてくる。それどころか彼はこちらへ向かって身を乗り出してくる。

骨張った手の長い指先が、紬の頬を伝って耳を掠める。触れられたところが痺れて、体が強ばる。

紬の頭はこの状況に狼狽したり緊張したりを飛び越えて、沸騰した湯気が脳みその代わりに充満してしまったかのように何も考えられなくなってしまった。

「言ってみろ。どんな妄想なんだ。こうか？　それとも――」

する、と蓮治の指先が紬の顎を伝う。そのまま軽い力で顎を上げさせられ、否応なしに目が合ってしまう。

「……か……」

わなわなと紬は震えた。勢いよく立ち上がり、叫ぶ。

「解釈違いー!!」

目を閉じ、まるで蠅でも追い払うかのようにばたばたと両腕を振り回す。

「ファンに手を出す月城蓮治も、関係者に手を出す月城蓮治も、どっちも解釈違いです!! そんな安っぽい真似、蓮治さんに失礼なのでやめてください!!」

「……蓮治は俺だと思っていたんだが」

「いくら蓮治さんでも蓮治さんの印象を崩壊させるような行動は許しません!!」

恐る恐る目を開けると、蓮治はやはり笑みを浮かべている。こちらが蓮治の一挙一動で慌てたり狼狽したりしているのを楽しんでいるような目だ。

「なるほどな。贔屓筋の考えることはわからんと思っていたが、お前を見ていれば飽きずに観察できそうだ」

「ま、前にも言いましたけど、私もうとっくに蓮治さんのファンは降りてますから！」

「本当にそうか？」

「本当にそうです！」

蓮治は喉を鳴らして笑った。悔しいことにそんな仕草すら、美術館に収蔵するべき美しさだ。

「あの馬鹿でかい黒薔薇が舞台衣装に替わっただけで、やってることはそんなに変わってないだろ」

「んな……っ！　も、もう黒薔薇の話はやめてくださいよ！」

「なんで黒薔薇だったんだ？」

蓮治はふと真顔でそう問うてきた。

確かにあのとき、紬は蓮治を思い描いてあの帯留めを作った。が、当時の公演で蓮治が薔薇にまつわる役をしていたわけではない。何か意味のある小道具として出てきたわけでもない。

それでも紬は、蓮治を表現するならば、青くきらめく飾りをつけた大輪の黒薔薇しかないと思ったのだ。あの公演の役だけでなく、普遍的に蓮治を象徴するものとして。

「……色はただ、蓮治さんのパッと見の印象そのままですけど。薔薇を選んだのは……」

湖の瞳がじっとこちらを見ている。普段その表面を覆っている氷が束の間溶けて、温かい水が確かに染み出しているのに、その奥底には暗くて濁った土が沈んでいる——そんな眼差しで。

「……棘、です」

「棘？」

紬は頷く。

「ファンだった頃、私は舞台上の華やかな蓮治さんしか知らなかった。出入り待ちの私たちに愛想よく挨拶してくれる蓮治さんしか知らなかった。余所行きの蓮治さんの姿しか知らなかったんです。でも、そんな私でも――」

こんな話は蓮治のファン仲間の女性たちとも一度もしたことがない。

なぜなら、蓮治に対してこんな印象を持っていたのは、紬ただ一人だけだったから。

「どこか寂しそうだな、って思う瞬間があったんです。明確にいつってわけじゃないけれど、華々しい蓮治さんの姿を見ていると、どこか胸がきゅっと切なくなるような……蓮治さんの笑顔の下には誰も知らない棘が隠されていて、ひょっとしたら蓮治さん本人もその棘に気付いていなくて、体のどこかがちくちく痛むけれど、その理由すらもわからなくて苦しむときがあるんじゃないかしら、って」

一気に語って、紬ははっと我に返る。

「なんて――こんな話、それこそ変な妄想ですよね。勝手に気の毒に思ったりしてごめんなさい。誰かに言ったりはしてませんから。その、妄想する者の礼節として、そこは私一人の胸に留めておいてますから」

焦って言い募るが、蓮治はやはり小さく笑うだけだ。大方さっき言っていた、贔屓筋の考え方の観察云々の話に結びつけて、「なるほど」とでも思っているのだろうか。

「お前、あの黒薔薇の日に俺に言ったことを覚えているか」

え、と紬は首を傾げる。黒薔薇の日とは、蓮治を追いかけていって気絶し運ばれてしまった日のことだ。

「じ、実はあの日の記憶、ちょっと曖昧で……何だか偉そうなことをいろいろ言った気はするんですけど」

「覚えていないならいい」

言うと蓮治は立ち上がった。そしてさっきから立ちっぱなしだった紬に向かって、顎をしゃくるような仕草をする。

「寝るぞ」

「はい。おやすみなさい」

するとと蓮治は半眼でこちらを睨んだ。

「さっき話したことがもう頭からすっぽ抜けているのか？」

「さっき？」

「寝られないと話しただろ」

紬は首を傾げる。確かにその話はしたけれど。

「明日のお昼、練習室にお膝を貸しに行きましょうか？」

すると蓮治は極めて深々と嘆息した。心底から何かに呆れている顔だ。

「ここで一緒に暮らしてるってのに、なんでそんな発想になるんだ」

言うが早いか、蓮治は紬の手首を掴む。体のどこかを掴まれたのはそういえば初めてだ。

普段王様のような振る舞いだから、思わず反射的に「痛い」と言いそうになってしまったが、全然痛くも何ともない。振りほどけないほどしっかり摑まれているにも拘わらずだ。

「あの？　蓮治さん？」

「妻が夫の寝床で一晩明かしたって何もおかしくはないだろ」

「ちょっとぉぉ!?　何考えてるんですか、この助平！」

慌てて立ち止まり、散歩を嫌がる飼い犬よろしく進行方向とは逆側に全体重をかける。

蓮治はにやりと笑った。

「ここでは夫婦なんだろう？　さっきお前自身が言ったんじゃないか」

「確かに言いましたけどそういう意味じゃないって絶対わかってますよね!?　ねぇ!?」

蓮治は紬の抵抗をものともせず、軽い挙動で引きずって寝室へ向かって歩いていく。確かに彼は踊り手としての美しい筋肉を持ってはいるが、ここまで力で歯が立たないとは想定外だ。紬はあっという間に蓮治の寝室に連れ込まれてしまった。

(蓮治様の寝室……！)

などと感動に浸っている場合ではない。

部屋の中は寝台のほかは無駄なものが置かれておらず、明かりも最小限で、本当にただ眠るためだけの部屋といった風情だった。

それが余計に洒落にならない。

まだ何も覚悟できていないのだ。まだというか、そもそも何らかの覚悟をする必要など欠片もない結婚ではなかったのか。だってこれは契約結婚なのだ。互いの利害が一致したから既婚者としての地位を手に入れるために籍を入れた、ただそれだけの関係だったはず。

——殿方は獣なのよ、という台詞が不意に脳裏をよぎった。

いつ、何の演目だったか。色っぽい女優が胸もとの大きく開いたドレス姿で、煙管をくゆらせながらそう言ったのだ。どんな作品のどんな場面だったか。

脳内で女優が演技を続ける。

「いざ食われる段になって抵抗したってもう遅いの。縄張りに入ってしまった時点で、それはもうアンタは狩られる側の獲物ってことなのよ」

(狩られる獲物なんて嫌ぁぁ!!)

抵抗虚しく寝台に引きずり込まれ、布団をきっちりと掛けられる。蓮治様の香り、とファン紬が一瞬顔を出す。その蓮治は紬の隣で布団に潜り込み、肩まで布団を掛けてこちらを向いた。そして紬の肩口に顔を埋めるような体勢で目を閉じる。

「……あー。思った通りだ。お前が傍にいると、眠い」

「……。へ?」

「膝以外も、効果、あった……」

蓮治の言葉はそこで途切れた。耳を澄まさずとも至近距離から寝息が聞こえてくる。

(……。ええええぇぇ……!?)

紬はなぜか膝枕係ではなく肩枕係、もとい添い寝係に昇格した。

昇格なのか何なのかはわからないが。

（ね、寝息っ、れれれ蓮治様の寝息がほっぺにっ、首に……っ！）

夫の寝床で一晩明かすとは、本当に何の他意もなくそのままの意味だったのだ。

もう夜だし、明日も仕事だし、座ったまま膝枕では紬が寝られないから、枕の役目を果たすついでに一緒に横になって寝てしまえ、と。

（わ、わかりにくいのよぉぉ!!）

紬は脳内で頭を抱えて膝をついた。体はかちんこちんに固まって目は完全に冴えてしまっている。こんな状態で朝までぐっすり眠れる乙女が存在するならここに連れてきてほしい。

紬は結局一睡もできないまま、翌朝を迎えたのだった。


その日を境に、紬は本当に劇場での膝枕係の任を解かれることになった。

蓮治が朝まで安眠できるようになったからだ。

誰よりも蓮治本人が「六時間以上も寝たのは三年ぶりだ」と驚いていた。最初の一日だけの奇跡かと思いきや、紬が添い寝をすると必ずぐっすり眠り、そのまま朝まで目覚めないのだ。

幸いにして紬もあまり繊細なたちの乙女ではないので――というよりもどちらかというと図太い乙女なので、寝不足だったのは最初の数日だけで、今や蓮治が隣にいようがお構いなしに眠れるようになってしまった。ひょっとするとあまりに現実味を欠いた状況なために、頭の中の大事な部分が現実逃避を始めたのかもしれない。そうでもしないと紬にはこの現実を抱えきれなかったのかもしれない。何しろ今でも外見は好みど真ん中の元推しが隣で寝ているのだから。

——そう。厄介なことに、月城蓮治という男は依然として大変紬の好みなのだ。

いくら本性を知って幻滅し、推し活から降りたと言っても、彼の外見が好みであるという事実は曲げようがないし、役者としての彼を尊敬する気持ちはむしろ彼のことを知れば知るほど今でも募る一方だ。

ただでさえそんな状態なのに、時村邸での蓮治の姿ときたら、劇場での彼とはやはりまるで別人と言っていい。

同居初日ですらそうだったのが、日を追うごとにその別人具合は増していった。というよりも、「紬が本性だと思っていたのは実は二枚目の仮面で、その仮面が徐々に剥がれて本当の本性が垣間見えてきた」と言ったほうが正しいかもしれない。一枚目の仮面とは言うまでもなく板の上の『月城蓮治』だ。

まず、彼の生活力ときたら、誰にも見せられないほどの壊滅具合だった。

推し活時代、ファンとしての紬から見た蓮治は『誰も並ぶ者がいない完全無欠のスタア』だった。歌や舞踊などの技術もそうだし、役を自分のものにする勘のようなものにしてもそうだ。人間だからもちろん失敗することもあるけれど、彼はその失敗すらも即興劇にしてしまう。「この役の人物の性格なら、その行動をして当然だ」と見ているこちらに思わせてくれるのだ。完璧なのは外見もそうであることは言わずもがなである。紬は身近に外国人をあまり見かけない環境で育ったから、青い目といえば金色の髪、という書物で得た知識による固定観念があった。だから青い目を持ちながらも黒髪の蓮治を見たとき、その固定観念を崩されたことからくる、ある種の不均衡な――紬にはそう感じられた――美しさの虜になってしまった。その不均衡さは、一周回って逆に完璧な釣り合いだった。すっきりとした東洋人らしさと、目鼻立ちのくっきりとした西洋人っぽさを併せ持つその顔立ちも、体つきも、あまりにも完璧な美しさだった。彫刻家が『完璧な美』という題目で若い男性の彫刻を彫ったら、ちょうど蓮治様になるんじゃないかしら、と推し活仲間と何度も語り合ったものだ。

推し活から降りた後も、ある意味で蓮治は完璧だった。『舞台裏では傲慢で王様のような大スタア様』の姿を完璧に演じきっていたのだ。紬はすっかり騙されて蓮治のことが大嫌いになったし、周囲も蓮治を持て余している。なまじ実力も集客力もあるものだから、劇場の上層部でさえ蓮治に対しては今や腫物に触るような態度だ。誰も蓮治の希望を覆すことはできないし、蓮治の機嫌を損ねることは許されないのである。

（いや、「演じきっていた」ってのはちょっと言い過ぎだわね。お坊ちゃん育ちだからか知らないけど、人に命令し慣れてるし、周りの人間は自分の言うことを聞いて当然だって思ってるもの）

元々の彼の性格によるところも大きいだろうし、育ってきた環境も大きいのだろう。だが蓮治は劇場内においては、自分のその特徴を自ら誇張していたと言っていい。自分の中の傲慢な部分をより傲慢に、我儘な部分をより我儘に。

この時村邸はきっと、蓮治が唯一、その仮面を脱ぐことができる場所なのだ。できないことを無理してやる必要も、「できる」と虚勢を張ることもしなくていい場所。

「……だからって……」

稽古が休みの朝、少し遅く起きた紬は、流し台にこんもりと山盛りになった皿の山を見て頭を抱えた。吹きこぼれた鍋も菜箸もその辺に放りっぱなしだ。

「なんで朝っぱらからこんなことになってるんですか!?」

当の犯人はといえば、台所の向こうの居間に置かれた長椅子の上に、王様のように堂々と寝そべっている。

「腹が減って目が覚めたから、卵を茹でようと思ったんだ」

(お腹がすいて目が覚めちゃう蓮治さんわんぱくでかわいい!!)

ファン紬が脳内で叫ぶのを抑え込むため、紬は深呼吸する。

「わかりました。ひとつずつ確認します。どうしてお腹がすいちゃったんでしょう？　昨日の夜は稽古場でちゃんと夕飯を食べたって言ってましたよね？」

「あれは嘘だ」

「なんでそんな無意味な嘘吐くんですか!?」

蓮治は表情ひとつ変えないまましれっと答える。

「あーもう!!　わかりました、もういいです！　次、卵を茹でて食べるだけでどうしてこんなにお台所が戦場の跡みたいになっちゃってるんですか!?」

「俺が卵の茹で方なんて知ってるわけないだろ」

「だったら私を叩き起こしてくださいよ！　お台所がこんな有様になる前に！」

紬が思わず詰め寄ると、青い瞳がこちらを向いた。彼の瞳は朝の陽光を浴びると、透けるような淡い色になる。

「面倒だったから」

「あんな気持ちよさそうに寝られちゃあな」

「ちょっ、それじゃ私が寝穢《いぎたな》いみたいじゃないですか！」

「その通りだろ。俺が横で何しても起きないし、今朝はいびきもかいていたぞ」

「ギャー!!　乙女にいびきの話なんて――って横で一体何してたんですか!?　よ、よ、よからぬことじゃないでしょうね!?」

するとと蓮治は長椅子の上でごろんと寝返りを打った。その拍子に寝間着の浴衣の胸もとが大きくはだけてしまっている。そしてにやりと笑った。

「知りたければ教えてやる。こっちへ来い」

「け、けけけ結構ですっ！」

――とまぁ、朝からこんな具合である。

そして昼は昼で、紬が二人分の昼食を作ろうと台所に立っていると、蓮治がやってきた。

彼が居室として使っている部屋で台本を読んでいたはずだが、飽きたのか、気分転換のつもりなのか、紬の周りをうろついては鍋をかき回したり、危なっかしい手つきで包丁を持ってみたりと要らぬ手出しをしてくる。紬は紬で、明らかに料理など普段しないであろう蓮治の手つきに終始はらはらする羽目になる。

向かい合って昼食を取った後も事だ。週に一度の清掃が入るとはいえ、結婚したからには――というより、不本意とはいえ居候状態になってしまったからには――日々の家の手入れは自分がやろうと思い、細々とした掃除は紬の仕事になっている。それにもまた蓮治は面白がって手出ししてくるのだ。まるでこちらの手が離せないときに限ってまとわりついてくる気まぐれな猫だ。しかも料理と同じように人生で掃除というものを一度も自分でしたことがなさそうな蓮治は、箒を握る腕前もまた察しの通りだった。

月城蓮治には、壊滅的に生活力がない。

というより、普通の人間が「これをして当たり前」と思っている常識がことごとく通じない。睡眠時間が極端に少なかったことに端を発し、食事を特に大きな理由もなく気まぐれに抜いたりすることもそうだ。お茶の正しい淹れ方も知らなければ、埃を立てない拭き掃除の仕方も、色の濃い衣類と白い肌着を一緒に洗ったら色移りしてしまうことすらも知らなかったのだ。

(どんだけお坊ちゃん育ちなのよ!?)

藍色が染め移ってしまった襦袢を、庭に置いたたらいでごしごしこすりながら、紬は八つ当たりのように布地を叩いた。

今では溜まりに溜まった心労のような何かのせいで、完璧に朝の紅茶を淹れてくれた蓮治が優しく起こしにきてくれる、という何だか悲しい夢まで見る始末だ。

（いくら身の回りのことをしてくれる人に困らないからって、そもそも家を出るときにこういうのは一通り親に教わるものじゃないの⁉　じゃないともし頼れる人がいなくなったときに困るのは本人じゃないのよ！）

ぱんっ、と襦袢を洗濯板に叩きつけたところで、ふと思い出す。

（……ひょっとして、そういうことを教わることができる環境じゃなかったのかしら？）

蓮治がどんな家庭環境で育ったのか、紬はまだ知らない。

あのとき当たり障りのない会話だけ交わした彼の父親は、本当はどんな人物で、普段は何をしている人なのか。あの日あの場にいなかった彼の母親はどんな人なのか。きょうだいはいるのかいないのか、もしいるのならば、歳は上なのか下なのか。

「おい」

庭に面した縁側から蓮治が声を掛けてくる。蓮治はいまだに一度も紬のことを名前だけで呼んだことがない。劇場内で名前を呼ぶ必要があるときには、その呼び方は今も変わらず『小野寺紬』だ。

振り返ると、蓮治は台所のほうを指さしていた。

「焦げくさいぞ」

「……。あっ！　おやつのカステラ！　炙ってたのすっかり忘れてました。蓮治さん、悪いんですけどちょっとひっくり返……せないですよね今すぐ行きます」

　あのな、と蓮治は半眼で腕組みをする。

「菓子を網の上で転がすだけだろ？　そのぐらいできる」

　そのまますたすたと台所へ向かおうとするので、紬は慌ててその背中に叫ぶ。

「手じゃだめですよ！　熱いからお箸使ってくださいねー！」

　……その数秒後、台所のほうから何かの道具を派手にひっくり返すような音が聞こえてきた。ついでに「なんでカステラなんか炙るんだ、もうできあがってるものなのに」とぶつぶつ言っている声も聞こえてくる。

　紬はさっきまでの苛立ちを忘れて、思わず噴き出してしまった。

「……炙ったカステラにほんの少し牛乳をかけて食べるとどれだけおいしいか、蓮治さん知らないんですか？　人生損してますよー！」

　笑いながら、紬は一向に藍色が抜けない襦袢をたらいの中に放り投げ、下駄を脱ぎ捨てて縁側に上がった。

　何度も夢で見たような、朝からおいしい紅茶を淹れて優しく起こしてくれる蓮治の姿なんて、この家の中のどこにもない。ましてや互いを世間一般で言うところの本当の夫や妻のように想ったり、夫婦らしい触れ合いをすることも。夢に登場するあの蓮治はただの偶像であり、舞台上の彼と同じ、見る側の理想を詰め込んだだけの虚像だ。

現実の蓮治は、理想の虚像からも、偶像からもかけ離れている。

けれど日に日に、あの夢の中の完璧な蓮治よりも、現実の——言ってしまえば人間くさい蓮治の姿のほうに親しみを覚えてきてしまっている。初めのうちはあんなに憤ったり苛立ったり、驚きを通り越して呆れたりしていたのに。

そしてその親しみを覚える瞬間には、決まって胸の中がぽかぽかと温かくなる気がするのだが、そのぽかぽかの正体が何であるのかは、紬はまだ知る由もなかった。


月城蓮治の劇場では見せないような一面が見られる、というのは、彼と近しい者の特権であると思う。

新生活を始めて二月が過ぎた頃、そのありがたい特権を最大限行使できる機会が不意にやってきた。

新帝國劇場で行なわれている公演は既に中日を過ぎ、公演を見た観客やファンから連日届く贈り物や手紙が堆く山となっている。手紙類は毎日の送迎のときにマネージャーがついでに時村邸まで届けてくれることになっていて、蓮治は寝る前の短い時間や休演日にそれを読む。だから今まで楽屋で手紙を読んでいる姿を見なかったのか、と紬は納得した。

と同時に、彼が手紙をきちんと大切に扱ってくれていたことを嬉しくも思う。

その日も入浴を終えてあとは寝るだけという時間に、蓮治は居間の椅子に腰掛けて手紙を読んでいた。紬は普段は衣装部の針仕事を家に持ち帰っていることが多いから自分の手もとに集中しているが、その日はたまたま劇場にいる間にすべての仕事を終えられていたので、蓮治の椅子の傍に置かれた長椅子に腰掛けて茶を飲んでいた。

蓮治が何かを読んでいる姿というのは正直見慣れている。公演が始まった後でも台本をしっかりと読み込んでいることが多いからだ。

（いくら見慣れていても相変わらず眼福だわね……手紙に隠れて顔の表情が微妙に見えないところがまたこちらの想像力を掻き立てるわ）

目の前の美しい絵画のような光景を目に焼き付け、紬は頷く。と、椅子の前に置かれた低い卓の上、蓮治の分の湯呑みが空になっていることに気付いた。ついでに自分の分も温かい茶に入れ替えてしまおう、と湯呑みを二つ持って立ち上がる。

するとその拍子に、手紙に隠れていた蓮治の顔が見えた。

彼は青い瞳でじっと手紙の文面を追っている。台本を読むときほど目に力は入っていない。無表情に近い状態だ。

だがその口もとが、ほんの少し緩んでいる。口角が上がるのを堪えきれていない。

紬は湯呑みを取り落としかけた。

「蓮治さんが……喜んでる……！」

「何だって？」

蓮治はすぐさま片眉を上げて怪訝そうな顔になってしまう。

「ああっ、待って待って！　さっきの表情、とっても稀で貴重だからもう一度見せてください！」

「おい、また贔屓筋の人格が出てるぞ」

「出てませんし私はもうあなたのファンじゃありません！　……ってそんなことより！」

湯呑みを握り締めたまま、紬は震える。

「もしかしてそのお手紙にさぞかし喜ばしい情報が書かれて……⁉　一体誰からのどんな手紙ならあの人の血が通っていない月城蓮治があんな顔をするんですか⁉」

「……俺は一体どんな顔をしていたんだ？　まったく自覚はなかったぞ」

（自覚なしの微笑み……っ！）

その情報の尊さはファン紬を喜ばせただけだった。

ともあれ蓮治は呆れた顔で手紙をがさがさと振る。

「学生時代の同級生からの手紙だ。このあいだ細君と連れ立って公演を観に来たんだ。見てみろ」

そう言って蓮治は手紙を差し出してきた。他人宛の手紙を見るなんて気が引けるが、持ち主がいいと言うならいいのだろう。紬はおずおずと手紙を受け取った。三枚綴りの手紙で、蓮治が示してきたのは三枚目だ。彼が指さす部分に目を落とす。

そこには蓮治の同級生からの手紙の結びの挨拶が書かれていた。

「……『文太もずっと君に会いたがっています。口を開けば「せいいちろうにいちゃん、つぎはいつくるの？」ばかりです。落ち着いたらまたうちに夕食でも食べにきてください』？」

「そいつの息子がまだよちよち歩きの頃に、一度顔を見に行ったんだ。それ以来なぜか懐かれてしまった」

それはとても意外なことだった。学生時代の同級生の前で余所行きの姿を取り繕うとは思えないから、その子どもにも素に近い状態で接していたはずだ。蓮治の冷たい眼差しや振る舞いなんて、いかにも幼い子どもが怖がって泣いてしまいそうなのに。それとも歯に衣着せない物言いや振る舞いが逆に子どもに受けたのだろうか。

「蓮治さん、子どもお好きなんですか？」

「嫌いじゃない。面白いからな。遊んでやってると大人が驚くほど賢かったりするかと思えば、二秒後には阿呆なことをやらかして泣いている。成長を観察するのはなかなか悪くない」

それも意外だ。子どもなんて何を考えているかわからないから苦手だ、とでも言うかと思っていたのに。

しかしそれをからかってみようかと紬が思案していると、蓮治はふと遠くを見るような眼差しをした。

「……宗二郎が幼かった頃もそうだった。子どもながらにかわいい弟だって思っていた時もあったんだ」

紬は目を瞬かせた。――弟。

「蓮治さん、弟さんがいらっしゃるんですか」

初耳の情報だ。紬は何だか嬉しくなってしまう。

「いくつ下なんですか？　何をしてらっしゃる方？　もしかして蓮治さんと同じように役者さんだったり――」

蓮治ははっとしたような顔をした。

「何でもない。忘れろ」

え、と紬は首を傾げる。

「でも実の弟さんなんですよね？　違うんですか？」

「いいから忘れろ。この話は終わりだ」

蓮治の表情がまた、今度は別の手紙で隠れてしまう。

知りたい、と思った。

契約上とはいえ他ならぬ夫のことだ。そして役者として尊敬する人のことでもある。

しかし今まで一度も弟のことが話題に出されることはなかった。お見合いのときにも、彼の父親から何かしら家族の話題が出てもよかったはずなのに、それがなかった。

忘れたがっているのだろうか。弟のことを。

――あんなにも愛おしそうな目で思い出し、案ずるような言葉をつい独りごちてしまうほどには大切に想っているのであろう、実の弟を。

しかしそれを今ここで蓮治本人に問い詰めることは紬にはできない。

（だって……蓮治さんと私は、それが許されるような関係じゃないもの）

好き合って結婚した本当の夫婦なら、多少話しにくいことでも腹を割って話せるのだろう。けれど紬と蓮治は違う。この婚姻関係にはそういった情は存在しないのだ。

蓮治が話したくないことは一生知ることのないまま、いつかこの契約結婚は終わりを迎えるのだろう。ずっと遠い将来、どちらかが老衰で死別するとか、あるいは——もっと近い未来に、惚れた女でも現れた蓮治に離縁を突きつけられるとか、そういう形で。

その想像がいやに現実味を帯びていて、紬は思わずげんなりしてしまった。頭を振って話題を変えることにする。

「ところで蓮治さんがそんなにも熱心にお手紙を読む人だなんて知りませんでしたよ。スタアの中には封を開けもせずに捨ててしまう人もいるって聞くのに」

実のところ、どちらかというと蓮治もその部類だと思っていたのだ。

「ファンの方々が今の蓮治さんの姿を見たら喜ぶでしょうね」

「当然のことをしているまでだ。俺のために書かれたものなんだから、俺が目を通すのが筋だろ」

「どんなに忙しくても？」

「どんなに忙しくてもだ。……それに疲れているときに読むほうがいいんだ。力が湧いてくるから」

——ああ、と紬は思った。頬が熱くなる。

こういうところなのだ。どんなに傍若無人で傲慢に見えても、その言動や行動にはすべて意味がある。すべては舞台をより完璧なものにするため、より良い作品を観客に届けるため。

芸術家の中にも己の作品を完璧なものにすることにのみ心血を注ぐ者と、自分の意見は二の次で観客や興行主の意向、つまり需要に沿おうとする商人気質の者がいる。蓮治はその両方を併せ持っているのだ。そしてそれは集団に属し給金を受け取って芸術作品を生み出す人間として、とても重要な才能なのである。

独りよがりの芸術に固執する者は多くの場合、集団の中では孤立する。他者の需要ばかり満たそうとする者は、芸術家ではないと下に見られることがある。蓮治が劇場内であんなにも気ままに振る舞っているにも拘わらず、何年もずっと劇場所属の看板俳優としてやってこられたのは、きっとそのどちらをも追求する気概と、それを実現できるだけの力が蓮治に備わっているからなのだろう。

（……嫌だわ。何だか蓮治さんのファンだった頃みたいに胸が――）

どきどきしている――気がする。

（……って違う！　気のせい気のせい！　珍しい言葉を聞いたものだから心の臓がびっくりしてるんだわ、きっと）

紬はぶんぶんと首を横に振って、改めて茶を淹れ直しに台所へ向かう。

すると蓮治が不意に顔を上げた。

「お前、俺に何かやってほしいことはないのか」

「へ？」

振り返り、首を傾げる。質問の意図がまったくわからない。

「何かって、何をですか？」

「それを訊いてるんだろうが。家のことも、そうやって茶を淹れたりするのも、全部お前がやってるじゃないか」

「だってそれはお家賃の代わりですから。家主がお家賃を受け取ってくれない以上、家のことくらいはやらないと」

「どこの世界に妻から家賃を巻き上げる夫がいるんだ？」

蓮治は呆れ顔だが、紬は引くわけにはいかず腰に手を当てる。

「そりゃ奥様が働きに出てないご家庭ならそうでしょうとも。でも私は働いてるし、ここは蓮治さんのおうちなんですから」

「いつになったらお前はここが自分の家だと認識するんだ……」

そう言われても、と紬は頬を掻く。どうすればそんな自覚が生まれるのかなんてこっちが聞きたいくらいだ。ただでさえ普通とは違う契約結婚。枕扱いで一緒に寝てはいるものの、それは文字通り以上の意味を持たない。それでも男女が一緒に暮らしているからには色っぽい事件の一つや二つあるのかと思いきや、蓮治は基本的に劇場で入浴を済ませて帰ってくるから風呂場で鉢合わせるというお約束も起こらなければ、そもそも紬は蓮治の衣装係なので、今さら彼の着替えの場面に遭遇したところで赤面するような初心さもとうにない。あまつさえ職場では当の夫からいつまでも旧姓で呼ばれているし——そう考えて、紬ははたと顔を上げた。

「——そうだ。ひとつありました」

「何だ」

「名前で呼んでほしいです！『紬』って！」

「却下」

一秒も待たずにはねつけられてしまった。

紬は思わず頬を膨らませる。

「なんでですか！　外で小野寺呼びなのは、まぁ結婚したこと自体がまだみんなに内緒だからしょうがないにしても、家でもずっと『おい』とか『お前』じゃないですか」

それだって夫婦間の呼び方としては決しておかしくはないはずなのだが、なまじ蓮治専属の衣装係としてずっと『お前』呼びでこき使われていたせいか、どうにもそこから夫らしさや家族らしさを感じるのが難しいのだ。家でも『お前』と呼ばれるたびに背筋が伸びてしまう。

紬の両親も友人たちも、仲のいい親しい間柄の人たちはみんな『紬』呼びだ。だから蓮治がもし紬のことを同じように呼んでくれたら、蓮治に対しても家族としての親しみを覚えるようになる気がするのだ。

しかし蓮治は首を横に振るだけだった。

「お前が俺を本名で呼ぶことができたら、考えてやる」

「……それは難しいですね！」

「ほらな。だから却下だ」

「なんでぇー!?」

……そんな日が来るのは、まだそう近くはなさそうである。


その後も紬は、一緒に暮らしていなければ知る由もなかった蓮治の姿をたびたび見かけた。

友人が舞台を観に来てくれる予定があるのを、一見何とも思っていなさそうだったのに、実はこっそり手帳に書き込んで来訪を楽しみにしていたり。

カステラを網の上で落とさずにひっくり返せるようになったのを、どうだ、褒めてもいいぞ、と言わんばかりの誇らしげな顔で紬に報告しに来たり。

マネージャーの誕生日が近いから、普段の礼も兼ねて贈り物をしたいと相談されたり。

どれも劇場内でともに働いていても見ることはなかった姿ばかりだ。

劇場内での月城蓮治は、知り合いの誰がいつ観劇に来るかなんて、周りの人間には当然言いふらしたりはしなかった。それどころか、誰がいつ観に来ようが興味がなさそうに見えていた。

劇場内での月城蓮治は、芸事に関することは他人よりもうまくできるのが当たり前だった。

劇場内での月城蓮治は、マネージャーは自分のために働くのが当たり前で、こき使って当然、そこに感謝などいらない、とでも思っているかのように振る舞っていた。

あの姿が、彼が彼自身を自ら誇張した仮面なのではないか、という紬の仮説は、日を追うごとに強い確信に変わっていく。

そしてそれと同時に――紬の彼を見つめる眼差しが変化していくのは、ごく自然なことだったのだ。

(蓮治さんはきっと何か理由があって、大スタア月城蓮治を演じてるんだ)

その理由が何かなんてわからない。でも一度そう思ってしまったら、劇場での彼が精一杯虚勢を張っているようにも思えてきて、何だか健気にすら感じてくる。

(きっとのっぴきならない理由に違いないわ。だってそうじゃなきゃ、本当はあんなにかわいい蓮治さんがあんな王様みたいに振る舞うわけが――)

そこまで考えて、紬は己の思考を慌てて振り払う。

(違う！　今のは言葉の綾よ！　かわいいなんて思ってませんから！)

誰にともなく弁解する。いや、己自身にか。

(……気のせいよ。蓮治さんを見ていると胸がぽかぽかして、……たまにそのぽかぽかがドキドキに変わったりするなんて)

熱く脈打つ胸を思わず両手で押さえる。

すると視線の先で、居間の鏡に向かって朝の身支度をしていた蓮治がこちらを向いた。身支度と言っても蓮治は公演期間中は普段、楽屋着でもある着流しを家からそのまま着て出て行く。出入り待ちのファンがいる手前、髪もきちんと整えてはいるが、正直なところもとの素材が良すぎるので、起き抜けの姿で外出したって何ら問題ないくらいだ。

そんな蓮治だが、今日は珍しくスーツ姿だった。そういえば今日は演劇界のお偉方が観劇に来るらしいと昨夜言っていた気がする。相変わらず演劇そのものには疎い紬には、名前を聞いたところで誰なのかさっぱりだが、こういうときには蓮治は決まってスーツで出勤し、開演前か終演後にそのお偉方に挨拶をするらしい。

（そういうところはちゃんとしてるの、実は傲慢な王様なんかじゃないって垣間見えちゃってかわいいし誇らしい！）

ファン紬が相変わらず脳内で大騒ぎしている。

けれども近頃紬には、これがファン紬の人格なのか、それとも今の紬自身が抱いている気持ちなのか、よくわからなくなってきている。

こちらがそんな密かな葛藤を抱いているなどつゆ知らず、蓮治は二本の襟締を両手に持ち、こちらに向けてくる。

「どっちがいいと思う？」

片方は葡萄茶《えびちゃ》色、片方は紅碧《べにみどり》だ。どちらもとてもよく似合う。というより、この地上に蓮治に着こなせない色など存在しない。

しかしそんな回答を蓮治が求めているのではないことは明白なので、紬は顎に手を当てて真剣に思案する。ファン紬の脳の中でも、特に蓮治に関することの考察や研究に長けている部分を全力で回転させる。

「月城蓮治という役者の持ち味を一見してわかる形で提示するならば寒色系一択です。ですが今回は年配の方とのご挨拶を控えているということもあり、暖色系で柔らかさを演出し相手の懐に入り今後の役者人生を円滑に回す一助とするのも得策ではあるかと。以上が私が仮にあなたのファンであると仮定した場合の意見です」

早口で一息に告げると、蓮治は目を丸くした。

「昨今の贔屓筋ってのはそんなことまで考えるのか？　贔屓の役者のその後のことまで？」

「当然です！　……って私は思ってますけど、考えてみれば推し活仲間でそんな話をする人、私のほかにはいませんでした」

思い出すだに納得がいかず、紬は思わず口を尖らせる。

「他のみんなは、蓮治さんに実は恋人がいたらどうしようとか、どんな名門の学校を出られたのかしらとか、そんな話ばっかり。蓮治さんがあまり美男子でない役を振られた演目のときなんて、みんな口を揃えて『あんなの蓮治さんにやらせるような役じゃない』って息巻いてたんですよ。私に言わせれば、あの役こそお芝居が達者な蓮治さんにしかできませんでした。それにあのときは、蓮治さんが見た目ばかり評価されるのを憂いた劇団側が、蓮治さんの実力を観客に知らしめてより多くのファンを獲得し、蓮治さんの役者としての息を長くさせようとしていたんじゃないかって、当時の私は穿って見ていたんですよ。もちろん真相はわかりませんけどね。だから次第に仲間たちと話が合わなくなって、上辺だけ話を合わせるようになっちゃったんです」

そんなふうだったから、その後は彼女たちとはすっかり疎遠になってしまった。だから彼女たちの誰も、紬が新帝國劇場に就職したことは知らないのだ。

とにかく、と紬は胸を反らす。

「それがいちファンから見た意見ですので、参考にするもしないもご自由になさってください」

「なるほどな。参考になる意見だ、とは言っておこう。正直驚いたほどだ」

一見褒め言葉のようだが、何か含みがある。紬が首を傾げると、蓮治は再び鏡に向き直り、二本の襟締を交互にあててみている。

「俺はお前に意見を聞いたんだぞ」

「ええ、ですから――」

「お前はどっちが好きなんだ」

紬は瞠目した。

「私は……その、蓮治さんは寒色系がより似合うと思うので、紅碧のほうが好きですけど」

「わかった。そっちにする」

「えっ!?　いいんですか？　そんな決め方」

見立てに自信がないわけではないが、いざ即決されると戸惑ってしまう。

しかし蓮治は葡萄茶のほうを卓に置き、紅碧のほうを締めながら、こともなげに答える。

「当然だ。妻がこっちがいいと言ったんだからな」

固まって答えることができない紬に、蓮治はにやりと笑った。

「どうだ？　妻に相談して襟締の色を決めるなんて、夫婦みたいだと思わないか」


——嬉しい、と思ってしまった。

胸が喜びで急激に満ちてしまった。

本当の夫婦みたいなやり取りをしたことに。

蓮治がこちらの意見を聞いて、身につけるものの色を即決してくれたことに。

そしてそれを、他ならぬ蓮治が求めてくれたことに。

しかし同時に、言いようのない切なさもまた急激に胸にこみ上げた。

どんなに本当の夫婦のようなやり取りをしても、これは、偽りの関係だ。

いつかは終わる時が来るかもしれない、束の間のごっこ遊びにすぎないのだ。

（……何を悲しく思うことがあるのよ。こんなの最初からわかっていた話じゃないの）

しかしそれを必死に自分に言い聞かせてしまっていることに、さすがの紬も、気付かないわけにはいかなくなっていた。

自分の意思に反して、強い力でもってどこかへ引っぱられていく感覚。

この感覚には明確に覚えがある。引きずり込まれることにどれだけ恐怖を覚え、どれだけ踏みとどまろうとしたって、どれだけ後戻りしようとしたって、決して抗うことなどできないのだ。

もはや疑いようもない。紬は思わず項垂れてしまった。

（これは間違いなく——再びの沼入り……！）

＊＊＊

公演はついに千秋楽の日を迎えた。

この舞台が終われば、いよいよ紬と蓮治の結婚を世間に発表する運びとなる。しかしそれまでは、仕事は普段通り忙しい。複数の作業を同時進行するのが得意な紬をもってしても、結婚発表の段取りのことなど今はまだ考えられない、と思うほどの多忙ぶりだった。

その大きな理由のひとつに、紬が蓮治との婚姻の際に交わした契約により、蓮治の衣装を一着、意匠から何からすべて自分の力と判断で制作した、ということがある。

衣装係として、これは言わずもがな大きな前進だった。勤続年数が浅いため肩書きはまだ見習いであるにしろ、『この演目で月城蓮治の衣装制作を担当した』という経歴がひとつ付く。紬の衣装係人生においては重要な第一歩である。

しかしだからといって、これまで担当していた仕事が免除になる理由にはならない。紬にも直属の後輩がいれば仕事を振ることができたのだが、あいにくようやく入社二年目になろうかという下っ端にそんな相手はいない。だから単純に衣装一着分の仕事が増えたというわけである。

とはいえこれは紬にとっては喜ばしい忙しさだった。こんな理由での激務なら大歓迎、と逆に活力が湧いて、劇場にいる間は自分でも驚異的な力を発揮し、仕事に励んだ。幸いにして紬は蓮治の贔屓筋、蓮治に関する工夫や思いつきなら泉のように湧いてくる。それが蓮治の感性ともぴたりと合ったから、衣装制作は何一つ滞りなくやり遂げることができた。

しかし、そもそも環境の変化というのは、それがたとえ良い変化であっても、本人の心身に大きな影響を与えるものである。

此度紬の身に起こった環境の変化は二つで、それはどちらもとても大きなものだった。

一つは前述の衣装、そしてもう一つは、蓮治との同居生活だ。

もともと多忙な仕事だったところに私生活の環境が変わり、さらにそれを対外的には隠さねばならなかった。寮からの転居自体も一仕事だったし、いくらほとんど寝に帰るだけの我が家とはいえ、住む町が替わってしまうのも慣れるまでは何かと不便だった。一番大きかったのは、寮時代は劇場まで徒歩通勤できていたのが、今は路面電車かバスを使うしかないという点だ。晴れて結婚発表となった暁には、マネージャーが運転する自動車で蓮治と一緒に送り迎えしてもらえることになっているが、それまでは同居の事実を隠さねばならないのだ。自然、出勤や帰宅が蓮治と重ならないよう、時間をずらして行動しなければならない。そういった心労や、激務の後すぐに歩いて帰って布団に倒れ込むことができないがゆえの身体的疲労の蓄積により、紬はすっかり疲れ果ててしまっていた。

心労の種はまだある。自分の蓮治への気持ちの変化もそうだし、それ以上に目の前に迫った心配事だ。つまり——いざ結婚を発表して、それで世間は紬に対してどんな反応をするのか、と。

夢見る夢子さんだった頃には、「もし蓮治様のお嫁さんになれたら、きっとこの世のすべてを手に入れた心地がするんでしょうねぇ。『スタアの奥様』なんて、大変なこともそりゃ山ほどあるんでしょうけど、でも蓮治様のお嫁さんになれることに比べたら、そんなの全然大したことじゃないに違いないわ」と思ったものだ。

しかし現実はそんなものではなかった。もし互いに愛し合って結婚したのならば、互いの愛を拠り所にして、どんな大変なことでも乗り越えられるのかもしれない。けれど自分は違う。何を拠り所にすればいいのか見当も付かなかった。

蓮治に家で、まるで愛情によって結ばれた夫であるかのような振る舞いを気まぐれでされるたびに、嬉しさと虚しさが同時に押し寄せる。そのたびに紬は、自らの胸に灯っている、今やどう誤魔化すこともできない蓮治への想いを、首をぶんぶんと振って振り払うのだ。

（たとえ世間からどれだけ叩かれても、私は「訳あって結婚したとはいえ、書類上はれっきとした妻です」という顔をしていればいいだけ。それ以上でもそれ以下でもないはずだわ）

自分に幾度となく言い聞かせているその言葉に何の効力もないことは、もはや自分でもわかっていた。

たとえ漠然とした恐怖を抱えたまま、千秋楽までの日々をただひた走る。

そんな状態だったから、千秋楽の日に仕事を終えた瞬間、緊張の糸が切れてしまったのは、ある意味では当然のことだったのだ。

無事に千秋楽の幕が下りても、衣装部の仕事はまだしばらく続く。公演で使用した衣装の洗濯や手直し、その他管理全般だ。しかし俳優たちや他部署の者たちと顔を合わせることはなくなるので、衣装部の内輪だけで気楽に仕事ができる。そのため他部署の者たちと同様、やはり千秋楽というのは衣装部にとっても一息つける区切りだった。

仕事を終えた紬は、劇場の従業員出入り口からいつものように帰宅しようとしていた。最終電車に間に合うかどうかという遅い時間だったので、蓮治はとうに帰っているだろうと思った。寮を出て公共交通機関を使うようになってからは、深夜まで続く仕事からは紬は外してもらえている。無論、そもそも泊まり込みとなることが確定しているような時にはその限りではないが。

ともあれ紬の他には従業員出入り口にはひと気のない状況だった。そのせいか、誰もない空間を見た途端、紬の中で糸がふつりと切れてしまったのだ。

まず感じたのはひどい眩暈だった。立っていられないほど強い眩暈だったので、思わず傍の壁に凭れかかろうとし、目測を誤って転倒した。一度転ぶとしばらく立ち上がることも、顔を上げることすらできなかった。動悸までし始めて、心臓が耳もとで鳴っていると錯覚するほどだった。

自分の体がこんなふうになってしまったのは初めてだったので、紬はすっかり動転してしまった。しかしあまりに長く続く眩暈に、声を出して誰かに助けを求めることもできずに、必死に浅く呼吸を繰り返す。

その時、幸運なことに蓮治が通りかかった。彼は客演の俳優やその関係者たちへの挨拶が長引き、この時間まで劇場内に引き留められていたのだ。傍にはマネージャーもいた。

蓮治は紬を見つけた瞬間、慌てて駆け寄ってきて抱き起こしてくれた。それどころか、そのまま担ぐように抱き上げて、マネージャーの車に一緒に乗せて自宅まで送り届けてくれたのだ。

朦朧とする意識の中で、紬は蓮治に、ありがとうと礼を言ったような気がする。

しかしそれに対しての蓮治の返答は「すまない」というものだった。

倒れていたところを助けてくれたのに、一体何がすまないというのだろう。回らない頭でぼんやりとそう考えて、紬はそのまま意識を失った。彼の膝の上で感じる車の揺れも、抱き上げて家まで運んでくれる彼の腕の中も、どちらもあまりに心地好かったのだ。

——しかしその翌日、紬はすぐに、蓮治の謝罪の意味を思い知ることになる。


「——『新帝劇の大スタアが自宅に婦女子を連れ込み』!?」

紙面に躍るその不愉快な文字列に、紬は思わず声を荒らげた。

千秋楽の翌日。衣装部には昨日のうちに蓮治のマネージャーが紬の体調不良を報告しておいてくれたらしく、紬は思いがけず休日を手に入れた。一晩寝て起きたら体調はすっかりよくなっていたのだが、「蓄積した疲労が原因の不調ならば一晩休んだ程度で治るはずがない」ともっともなことを蓮治に言われたため、朝から大人しく養生している。

しかしその養生が意味を成さなくなってしまうほど、今や紬の体温は上がりに上がっていた。

朝刊を前に、蓮治も渋い顔だ。彼は早朝、マネージャーからの電話に叩き起こされたらしい。紬は体調を崩していたこともあってぐっすり寝入っていたため気付かなかったが、そもそも昨夜、紬は蓮治の寝室ではなく、紬が自室として使っていた部屋の布団の上に寝かされた。さすがに一人で休ませてやろうという蓮治の気遣いだ。お陰で紬はぴんぴんしているが、引き換えに蓮治がやはり浅い微睡みと覚醒を繰り返して夜を明かしたようで、玄関に設置された電話が鳴った音にもすぐに気付いたというわけである。

紙面には昨夜の出来事が、大いに脚色を加えて面白おかしく書き立てられていた。若い婦人を眠らせて家に連れ込んだだの、運転手もぐるだの。『初めてにしてはあまりに円滑な動きだった。同様の手口で何人もの婦女子が毒牙に掛かったとみられる』とまで書かれている。

体調を崩した妻を自宅に連れ帰っただけなのに。

しかも蓮治からしてみれば、意識のない紬を抱き上げて移動するのは今回で二度目だ。円滑な動きにもなろう。初めてではないのだから。

「信っじられない、こんな馬鹿みたいな記事を書いてお金をもらってる輩がいるわけ!? 職業人の風上にも置けないわ！　どうせ書くならせめて下調べでもしてそれなりのものを書きなさいよ！」

思わず紙面を卓に叩きつける。

するとなぜか蓮治が噴き出した。こちらは真剣に怒っているというのに。

「何ですか!?」

「いや。怒りの要点はそこなのかと思ってな」

それより、と蓮治は厚いカーテンを閉め切った窓のほうを指し示す。お陰でまだ昼前だというのに、室内は日没後のような暗さだ。

「外に新聞や雑誌の記者が張ってる。見つからないようにお前を一時避難させる手筈を整えているから、不用意に顔を出したりするなよ」

「……いやに周到ですね」

「俺を誰だと思ってる。女を自宅に連れ込んだだけで一面を飾る新帝劇の大スタアだぞ」

蓮治は自嘲めいた皮肉げな笑みを浮かべた。だがそれもすぐに少し沈んだような表情に変わる。

「……しかしこうなったら、下手に逃げ回るよりも、結婚発表を予定より早めたほうがいいかもしれないな。本当なら不足なく根回しを済ませた後にしたかったが、こうなった以上は仕方ない」

「根回しとやらが不足した場合はどうなるんですか？」

「各業界のお偉方を味方につける機会を失うかもしれない。直近の話で言えば、例えば俺の結婚に腹を立てた贔屓筋が手のひらを返して俺の悪い噂やなんかを流布したときに、それを握り潰すまでの速度に関わってくる」

返せばそれは、時間はかかっても最終的には握り潰せるということだ。さすがは新帝劇の大スタアである。

そんな事態はそもそも起こらないに越したことはないが、現実問題そうも言っていられない。いくらスタアだろうが、他人から嫌われたり悪い噂を流されたりして少しも傷つかないなんてことがあるはずがない。それなのに蓮治は何ということもないという顔で淡々と話を進めるのだ。改めてとんでもない人と結婚してしまったと思うし、昨夜の自分の失態が腹立たしくもあった。

「……ごめんなさい。私のせいです」

蓮治が目を瞬かせる。

「なんでお前のせいなんだ」

「だって私が昨日、倒れたりしなければこんなことには……」

「お前が過労で倒れたのは俺にも責任がある。だったら俺のせいでもあるな」

「それは違います！　私の自己管理が甘かったんです」

「妻の健康管理に目を配れなかった夫が悪い」

「どうしてそうなるんですか。蓮治さんは全然悪くありませんよ。私だって自立した一人の人間です。私の体の責任は私にあるはずです」

「その責任を分担できるのが夫婦で、家族なんじゃないのか」

真剣な眼差しで言われ、紬は思わず言葉に詰まる。

「だってそれは……私たちはお互いに理由があって結婚という形を取ったわけですから」

「どんな理由があろうが夫婦は夫婦だ。その関係になった以上、享受できる恩恵を受けないのは馬鹿だろ」

「そりゃ私だって、もらえるものはもらいたいですけど」

「だったら大人しく受け取っておけ。お前が自分のせいだと思うのなら、その責任の半分を俺に押しつければいい。夫婦なんだからな」

また胸の奥が熱くなる。――こんなときに、そんなことを言うなんて、ずるい。

（こんなの……ますます好きになるしかないじゃない……）

危機に陥ったときにその人物の本当の姿がわかる、とはよく言ったものだ。

どんなに棘だらけの仮面で飾っていても、その中にひっそりと咲く花は懸命に生きていて健気で、けれどそれでいて地中に抜かりなく根を張っており、簡単に倒れはしないのだ。

それに、と蓮治は悪戯っぽく笑った。

「誰かのせいだと言うのなら、どう考えてもこの記事を出した記者のせいだろ。人の家の前で張っておいて、連れ込みだの何だのと人聞きの悪い」

「ふふ、大スタアの宿命ですね」

「嘆かわしいにも程がある。百年経っても人々は他人の私生活の見えない部分を見ようとして、あることないこと勝手に想像して嘆いたり怒ったりするんだろうな。まったく馬鹿の極みだ」

「……蓮治さんの口の悪さが、今はなんだかとっても心強く感じます」

紬は思わず笑い、でも、と首を横に振る。

「やっぱり蓮治さんの今後に関わるようなことは極力させたくないですから、私、どこでも避難して身を潜めてますよ。公演で使った衣装の管理は自分でやりたいから仕事は休むわけにはいきませんけど」

「そう言うと思って劇場の近くのホテルをもう押さえた。通勤時間は寮よりも短くなるぞ」

寮から劇場までは徒歩十分ほどだ。それより近いとなると、と考え、紬は思わず瞠目する。

「まさか、新帝國ホテルですか⁉」

蓮治は肯定を示すかのようににやりと笑った。

新帝國ホテルといえば、政財界や外国からの要人御用達の迎賓館だ。一泊するだけで庶民の懐は大打撃である。ホテルの前を通るたびに、一生に一度でいいから泊まってみたいなぁと思ってはいた。いたけれど、こんな夜逃げのような状況の避難先になるとは想定外すぎる。

「そ、それ、宿泊費は劇場が負担してくれるんでしょうか……？」

「そんなわけないだろ。マネージャーは上に掛け合うと言っていたが、私生活のことで要らない借りはつくりたくない。ただでさえ劇場のほうにも取材申し込みが殺到していて事務方が大わらわらしいからな。金なら俺が出す」

「ほ、他の安価な宿にするという選択肢は……？」

「月城蓮治の妻が泊まるんだぞ。そこら辺の三流宿じゃ話にならない」

せっかく治った眩暈がまた紬を襲った。

「明日にでも、いえ、今日の午後にでも結婚を発表しましょう！　異論は認めません！」

「それもそう言うと思ったから、予約取り消しの電話をもうホテルに入れた」

「んな……っ！　行動が二手も三手も先すぎません⁉」

「それに主要な新聞社や雑誌社に午後一時に一斉に連絡するよう、マネージャーに伝えてある」

「四手も先だったわ!!　私の元推し行動力すごすぎ!!」

「長く一緒にいる夫婦は行動や顔つきまで似てくるって言うだろ。俺はもうかなりお前のことがわかってきてるぞ」

(だから、そういうことを言うのはずるいんだってば！)

何だか熱まで上がってきそうだ。頬から湯気が出ているのではないかと思うほど熱い。ぱたぱたと手で扇ぐと、蓮治が歩み寄ってきた。そしてこちらに向かって手を伸ばしてくる。額に手のひらで触れるのかと思ってそのまま見つめていると、蓮治の手はなぜか紬の後頭部に触れた。そしてその直後、後頭部の手に力が籠もり、蓮治のほうに引き寄せられる。

美しい顔が目の前に大映しになって、紬は固まった。

ひんやりとした蓮治の額が、紬の額にくっつけられる。そのまま永遠とも思える時間が――実際には二、三秒だったのだろうが――過ぎた。蓮治が驚いたように顔を離す。

「あっつ！　お前何やってんだ、全然治ってないじゃないか。寝てろ！」

「……今のは蓮治さんのせいですよ！　寝ます！　おやすみなさい！」

照れ隠しに、必要もないのに蓮治をわざと両手で押しのけ、舌を出してみせる。

あなたのせいで熱が上がってしまうほど、もう私はあなたに夢中なんです――言外に含めたその意味に、果たして蓮治が気付いたかどうか。

その日の午後一時、月城蓮治結婚の報せが帝都を席巻した。

一部の女性たちが悲鳴を上げたり卒倒したりの大混乱には陥ったものの、若きスタアのめでたい報せに、国民の大部分からは温かい祝福が送られた。

新帝國劇場では既に次回公演の切符が予約販売されているが、女性客から涙ながらに予約取り消しの電話がかかってくる以上に、「ご祝儀代わりに」と新たに予約を入れる電話が券売受付に殺到した。

紬が療養期間を経て職場復帰すると、すれ違う人すれ違う人が祝いの言葉をかけてくれたり、ご祝儀や贈り物を手渡してくれたりもした。皆、蓮治の本性を知っているから、特に女性たちからは「よくあの人と結婚しようって決意したわね」と半ば尊敬の目で、あるいは哀れみを含んだ目で見られもした。

詩子にもようやく結婚に至る一部始終を報告することができた。詩子は目を輝かせて喜んでくれたし、

「あんたは仕事の愚痴を言ってるとき気付いてなかったかもしれないけど、傍で話を聞いてる限り、意外と月城さんとはいい相棒関係なんじゃないかと思ってたのよ。王様の傍に控えてる王妃様っていうよりは、王様にさえもてきぱき指示を出して働く凄腕の大臣って感じで」

「それって結局主従関係じゃないのよ!?」

という何てことのないやり取りは、紬がずっと抱えていた胸のしこりのような、憂鬱の

ようなものをすっきりと洗い流してくれた。

詩子に関連することといえば、三戸を見事自宅謹慎処分に追い込んだのはなんと蓮治だったそうだ。蓮治は「食堂での平手打ち事件を知ったとき、正直惚れ直した」と冗談めかして紬に告げた。そんな言い方をされては、まるでそれ以前から好意を抱いてくれていたと錯覚してしまうからやめてほしいが、とにかく紬のあの奇行とも言える行動は、蓮治の心を動かしたらしい。

大切な親友を密かに救ってくれていたという事実に、紬のほうこそまた、蓮治に惚れ直すのだった。

しかしこのとき、紬にとって想定外の嵐が、確かに近づいてきていたのだ。

＊＊＊

月城蓮治結婚の一騒動が少し落ち着き始めると、今度は紬がちくちくと嫌がらせを受けるようになってきた。

蓮治のもとに届く手紙の中に、自分のほうが結婚相手に相応しいから考え直せ、自分はどこどこの家柄で父親は誰それで云々……と書き連ねた手紙が紛れ込んでいたりするのは序の口だった。月城蓮治の結婚相手が衣装係だと広まるや、新帝國劇場の意見箱に「あんなあばずれを採用するなんて新帝國劇場も終わりだ」という投書があったり、従業員通用口の前に「衣装係の悪女を解雇せよ」と書かれた布きれを持った女性がうろついたりした。劇場側からは紬の身を守るため、不審な人物は劇場から遠ざけたり、手紙や投書の差出人が判明した場合には劇場への出入り禁止措置を執るなどの対応がなされた。スタア直属の衣装係とはいえ、一従業員を守るためというには少々大仰だ。大方、蓮治が劇場上層部へ対応のやり方を直談判したのだろう。

ある程度覚悟していたこととは言え、こうもあからさまに他人から嫌われて悪意を向けられるというのは、正直辛い。衣装部で思わず弱音を吐くと、先輩方から「でもここだけの話、蓮治さんも何度も殺害予告までされてるそうよ、別の俳優の過激な贔屓筋から。もちろん即身元特定して警察に通報だけどね」と何だか次元の違う慰め方をされてしまった。先輩方は劇場の内部事情に精通しており、信憑性は高い。蓮治があんなにも棘だらけの仮面をかぶる原因のひとつを知ってしまった気がして、紬は胸が痛んだ。

スタアである蓮治の例と比べるのもおかしな話だが、紬の場合は幸いにも命に関わるような脅しはされていないし、何か具体的な被害を受けたわけでもない。しかし連日続く嫌がらせは紬の神経をごりごりと削っていき、紬は公演中の修羅場の比ではないほど疲弊していった。

一つの公演の後始末の仕事が終われば、次の公演の準備が始まるまではまた長期の休暇だ。紬は新帝國劇場に就職して初めて、劇場に通わなくていいことにほっとした。今まではどんなに蓮治と反りが合わなかろうが、衣装制作が連日泊まり込みで徹夜だろうが、劇場に通いたくないと思ったことなど一度もなかったのに。向けられる悪意から一時的にでも避難できるのは、正直とてもありがたい。

休暇前、いよいよ衣装部宛にも「悪女を解雇せよ」の手紙が届いた日には、梶山が「次の公演の準備は自宅でできるように手配しましょうか」と提案してくれた。仕事には厳しく、どんな理由があっても衣装本体を劇場の外に持ち出すことを許可したことのない、あの梶山がだ。それほど紬の顔色が酷かったのか、それとも笑顔が明らかに力を失っていることに気付いていたのか。

しかし紬は首を横に振った。衣装部には材料も道具も環境も揃っている。必要なものを持ち帰ることができたとしても、家でできる作業など限られている。それでは完璧な舞台衣装などできるはずがない。どんな理由があろうとも、自分の仕事を妥協するのは嫌だ。ましてそれが他人からの嫌がらせが原因でだなんて。

梶山は紬の意思を尊重し、休暇明けの仕事を楽しみにしてるわ、とだけ告げてくれた。飛び抜けて厳しくはあるが、とてもいい上司だと紬は思う。梶山の傍にいると常にぴりっとした緊張で背筋が伸びるし気も抜けないけれど、そんな部分も引っくるめて紬は彼女がとても好きだ。憧れの職業婦人像の中には、確実に梶山の姿もあると思う。

（……そうよね！　私が憧れる職業婦人は、こんなことでへこたれたりしないもの。休暇の間に英気を養って、また元気に働こう！）

空元気でも今はないよりはましだ、とばかりに振り絞り、紬は劇場を後にした。

しかし嵐は劇場にではなく、まさかの自宅のほうにやってきた。

あの新聞記事が出て以降、毎日何人かの記者が自宅に張り込むようになってしまったので、それこそ夜逃げのように早々に引っ越した。似たような状況で何度も転居を繰り返してきた蓮治とマネージャーの連携は見事だった。本当に盗人集団がこっそりお宝でも持ち去るかのような巧妙さで、誰にも気付かれないまま、見事に転居を成し遂げてみせたのだ。

手順としては、必要なものを何日かかけて少しずつ持ち出した後、最後に本人たちがいなくなる、という至って単純な方法なのだが、これが抜群の効き目だった。もともとこういう転居を繰り返していたために、蓮治はあまり私物を持たないから、荷物を運び出すのも楽だったのだ。大型の家具を含めた家財道具の多くは、実は物件にもともとついていた備品らしい。短期間での転居を見込んでいたため、そもそも家具つきの物件にしか住まないのだそうだ。紬も紬で、もともと単身の寮生活だったから似たようなものだ。時村邸に持ち込む私物も、衣類や身の回りの細々としたものしかなかった。だから二人は極めて身軽に、次の家へと越したというわけである。

転居先が赤坂からほど近い乃木坂だったというのも、周りの目を晦ますのに一役買ったようだった。あんなことがあったのにまさか近い場所に引っ越すはずがない、という思い込みの裏をかいたというわけだ。

ともあれその乃木坂の新居――また家具つきの物件だ――の前に、一人の若い女性が立っているのが遠目に見えたとき、紬はひやりとした。まさかもう蓮治のファンが自宅を突き止めたのか、と思ったのだ。

いくら身軽な転居とはいえ、それなりに体力も気力も使う。またすぐに引っ越さねばならないのかと気が重くなりかけたそのとき、その女性がこちらに気付いて顔を上げた。

淡い柄の大判スカーフを頭に巻いていて顔はよく見えないが、きれいな人だ、と紬は思った。今風のしゃれた模様の着物に包まれた美しい立ち姿。何というか、只者ではない感じがする。そしてその只者でなさがどういった種類のものであるのかを、紬はよく知っていた。

（あの人……もしかして女優さんじゃない？）

そう思えば見覚えがあるような気もしてくる。新帝國劇場で一緒に仕事をしたことがある人物かもしれない。

紬は安堵し、警戒を解いた。女優ならば蓮治の同業者だ。

しかし蓮治に何か用事があって来たのだろうが、あいにく彼はしばらく家を空けている。今日のところは事情を説明してお引き取りいただくしかないなと思いつつ、紬はその女性に近づいていく。

すると女性のほうからも紬に近づいてきた。変装用なのか、縁の太い大きな眼鏡を掛けている。彼女は紬のことを上から下までざっと眺め、そして顔を近づけてまじまじと見てきた。

「あ、あの……？」

紬がさすがに後退ると、女性はひとつ嘆息した。そして呟く。

「なるほど。あなたがそうなのね」

「え？」

疑問符を浮かべる紬をよそに、女性は眼鏡を取り、首を小さく振った。その仕草があまりに様になっていることよりも、眼鏡の下に隠れていた顔に、紬は思わず声を上げる。

「あっ！　姫咲《ひめさき》まりさん！」

やはり以前、新帝國劇場の演目に客演した女優の姫咲まりだ。蓮治が演じる青年をその色香で誘惑し、恋人になるかならないかの絶妙な距離感を保ちつつ弄ぶという、それこそ本当の悪女の役を演じていた。

ちなみに以前、紬が蓮治の寝室に初めて連れ込まれたときに回想した、「殿方は獣なのよ」の台詞を言い放ったのがまさにこの姫咲まりだ。

ともあれ彼女はぎょっとした顔で左右を見回し、紬の口を手で押さえた。

「ちょっと！　大きな声出さないでよ。変装している意味がないじゃないの！」

「あっ、ご……ごめんなさい」

手の下でもごもごと謝罪する。姫咲まりは声を潜めたまま言う。

「目立つと困るから、あたしのことは本名のほうで呼んでちょうだい。豊崎真里乃《とよさきまりの》よ」

「わかりました、豊崎さん。私は時村紬です」

「知ってるわよ。旧姓は忘れたけど、顔はよく覚えてる。蓮治さんの周りをうろついていた衣装係よね」

その言い方には何だか棘があった。紬は思わずむっとしてしまう。

「はい。蓮治さん担当の衣装係なので」

「そう。それを利用して蓮治さんを誑かしたってわけね」

「はいっ!?」

言われた言葉のあまりの突拍子のなさに、思わず声が裏返ってしまう。通行人がじろじろこちらを見ているので、紬は慌てて口もとを手で押さえた。

真里乃は舌打ちした。品のない仕草なのに、それもまた様になっているのが不思議だ。

「ここじゃ人目がありすぎるわ。中に入れてくれない？　話があるのよ」

「それは構いませんけど……、でも蓮治さん、しばらく留守なんです。仕事の打ち合わせで、二週間ほど横浜に」

実は新帝國劇場の次の演目には大物の客演が来る。英吉利《イギリス》人の歌手と踊り手だ。前々から大々的に予告されており、新帝國劇場始まって以来の注目作と今から期待が高まっている。倫敦《ロンドン》からはるばる船でやってくる彼らを出迎え、接待やら打ち合わせやらを行なうために、蓮治や劇場所属の主要な俳優たちと劇場上層部の面々は到着港である横浜で待ち構えているというわけだった。

しかし、それを聞いて諦めて帰るかと思いきや、真里乃は答えた。

「そうなの。でも構わないわ。用があるのはあなたにだから」

「――え？」

真里乃をとりあえず急ごしらえの客間に通し、茶を出す。

「……どうぞ。お口に合えばいいんですけど」

「ありがとう。いただくわ」

尊大な態度だが、礼儀を欠いているわけではない。紬はこの豊崎真里乃という人物を掴みかねていた。さっき彼女はこちらを敵対視しているような言動をしたけれど、だからといってこちらも敵対心剥き出しの態度を取らねばならないような相手に見えるかと言われれば、不思議なことにそんな気はしないのだ。彼女の仕草や物言いがどこか芝居がかったような、現実味を欠いた立ち居振る舞いだからだろうか。

紬は真里乃の向かいに正座する。真里乃は紬を待っている間にスカーフを取っており、今は艶やかな黒髪が見えている。新帝國劇場でもそうだったが、真里乃は表に出るときにはいつもしゃれた七三女優髷《まげ》に結っている。だがそうでないときには、緩やかに波打つ断髪に、側頭部を髪留めで飾る髪形を好んでいた。今もそうだ。髷はきっとあんこを入れたりと工夫して結っているのだろう。近頃は帝都でも断髪の女性を見かけるようになってきたとはいえ、多くの女性は髪を束髪に結っているし、ただでさえ立っているだけで華やかな人だから、確かにこれではスカーフで隠さないと目立つだろう。紬は髪を束髪くずしにしていることが多いが、実は稽古場で最初にこの髪形の真里乃を見かけたとき、新時代の女性だ、と密かに憧れたものだ。

「それで……早速ですが、お話って一体何でしょう」

何となくお盆を胸の前に抱えたまま紬が問うと、真里乃は意志の強そうな眼差しでこちらを見た。

「紬さん。……時村さんって呼ぶのは癪だから、そう呼ばせていただくわね」

「は、はぁ」

またあからさまに棘のある言い方をされたが、こちらは戸惑うしかない。

「では私も真里乃さんってお名前で呼んだほうがいいでしょうか？」

「お好きにどうぞ、紬さん」

「それじゃ、……真里乃さん」

……刺々しい雰囲気なのに親しげに名前で呼び合うという不思議な空間が誕生してしまった。

ともあれ真里乃はじっとこちらを見つめている。美人にそんなに見つめられると、同性とはいえどぎまぎしてしまう。仕事柄美人は見慣れているが、見つめられる機会などそうはないのだ。

紬が居心地悪く身じろぎすると、真里乃は、ああ、と自分の傍らを見下ろした。

「忘れるところだったわ。はいこれ、手土産です」

そう言って風呂敷包みを差し出してくる。開いてみると、中身は有名店の羊羹や饅頭の詰め合わせだった。紬も劇場で差し入れのおこぼれをもらうときによく見かける包み紙だ。思わず、わあ、と目を輝かせる。

「ありがとうございます。それじゃ、お持たせで失礼ですけど」

言って紬は羊羹と饅頭を二つずつ取り出し、それぞれ一つずつを真里乃の前に差し出す。無論自分の前にも一つずつ。

すると真里乃が目を丸くした。

「二つも？」

「え？　だってどっちもおいしくて選べないから……あっ！　ごめんなさい、女優さんって体型管理されてるし、お菓子二つも食べませんよね」

思わず赤くなって、食い意地が張ってるってよく衣装部でも笑われるんです、と弁解する。

真里乃は菓子と紬を交互に見比べた。

「……あなたと話してると調子が狂うわね」

それはこちらの台詞だと紬は言いたかったが、ひとまずは呑み込んで話の先を促す。

真里乃はもう一口茶を飲むと、居住まいを正して切り出した。

「蓮治さんが結婚を機に引っ越したと弟から聞いたの」

「まあ、弟さんにもお世話になっていたんですね」

それはそれは、と頭を下げながら、紬は思い出した。そういえば豊崎という名の若い男性が演出部にいた気がする。確か演出家を目指し現場に出て勉強しながら雑用などもこなす演出助手だったか。

「ええ。新帝劇の演出部に所属していて、蓮治さんにはいつもよくしていただいているわ。でも今重要なのは弟ではないの。あなたよ、紬さん」

「私……ですか？」

今までの真里乃の言動から、どうやら蓮治のことで敵対視されているということはわかる。

果たして次いで真里乃が放った一言は、その予想を裏付けるものだった。

「あなたと結婚してから、蓮治さんが何かと苦労してる様子だって弟から聞いているわ。今回のお引っ越しについてもそう。少し前に出た新聞記事もそうよ。挙げればきりがない。それに今だって新帝劇に、元贔屓筋たちが結婚の抗議をするために毎日大勢押しかけているらしいじゃないの」

紬は何も言えなかった。まさにその通りだったからだ。加えて、真里乃は知る由もないことだが、結婚発表前の根回しが間に合わなかった件に関しても、今になってじわじわとその影響が出ているところなのである。

つまり、と真里乃は眼差しを強くする。

「蓮治さんはあなたと結婚したことで不幸になったのよ。違うかしら？」

「そんな……それは……」

あまりに図星を指された気がして、言葉が何も出てこない。

真里乃は続ける。

「あたしなら、彼をもっと幸せにできる。あたしは彼のことをよく知っているから。共演したのは新帝劇で客演した一度きりだけれど、それよりもずっと前に、あたしは彼に出会っているのだもの。彼のお父様やお母様、それに弟さんにもね」

「――え？」

お見合いの日の、蓮治の父親の姿が脳裏をよぎる。

母親が現れなかった空席も。

そしてあの日話題に上ることすらなかった、彼の弟。

紬の衝撃をよそに、真里乃はただ言うべきことを言っているとばかりに強く告げた。

「あなたは大帝劇、あるいは新帝劇に入ってからの蓮治さんの姿しか知らないでしょう。だから彼自身のことはほとんど何も知らないに等しいはずよ。彼って他人に自分のことをしゃべりたがらないから。でもあたしは知ってる。だってあたしは蓮治さんの――誠一郎さんの、元恋人なんですから」

――その言葉は紬の心を静かに抉った。

元恋人。

あんなに魅力的な男性なのだから、今までに恋人の一人や二人、いないほうが不自然だ。それに紬は妻とはいえ、蓮治と恋人関係であったことは一瞬たりともない、契約結婚の間柄だ。

傷つくなんておかしい、と頭ではわかっている。それでもじくじくと胸が痛むのを止められない。

その一方で、この人でよかった、と思う自分が不思議だった。

新帝國劇場の演目に客演したときの彼女の芝居は見事だった。様々な劇場で引っ張りだこの人気女優でありながら、いつも早い時間に稽古場に来て準備運動をしていたのを目撃していたし、稽古が終わった後も夜遅くまで蓮治と役について討論を重ねていたようだった。美人だし、言葉の端々に棘はあるけれど根はそんなに悪い人ではないと感じる。

あまつさえ、蓮治の家族とも面識がある。

――どう考えてもお似合いだ。自分なんかよりもずっと。

思わず俯いた紬の頭のてっぺんに、真里乃の言葉が矢継ぎ早に降ってくる。

「あたしは八つのときから芸事を学び始めたの。ええ、これは遅いほうよ。芸の道の家の子は遅くとも三つになれば何かしら始めるものだものね。あたしはごく普通の家庭で育ったってわけ。けれど出遅れたなんて思ってなかったわ。あたしはあたしの才能を信じていたし、自分の努力を信じていたから」

その言いようが紬にはひどく眩しい。八つの頃、自分は何をしていただろうか。何を考えていただろうか。

「努力するのは楽しかったわ。幸いやりたいことと向いていることが同じだったから。あなたもそうでしょ？　紬さん」

「……！　はい、それはもう」

紬は心から同意する。真里乃は満足そうに頷いた。

「そんなわけだから、十代の頃はとにかく何でもかんでも学んだわ。機会があればどんなお教室にも飛び込んで、歌でも舞踊でも楽器でも、それこそ洋の東西を問わずね。十三の頃、そうして飛び込んだ先のひとつが――時村家だった」

当時を思い出してか、真里乃はやや緊張した面持ちで続ける。

「ひとつ年下の誠一郎さんと初めて出会ったのは、彼のお母様のお教室の門を叩いたとき。中から出迎えてくれたのが誠一郎さんと、弟の宗二郎さんだった。ご子息が二人、一緒にお稽古を受けると聞いてはいたけれど、二人の恰好を見て妙だと思ったの。だってそうでしょ？　お母様は露西亜《ロシア》の有名な元プリマ・バレリーナでいらっしゃって、あたしは本場の洋舞を習いに行ったのに、息子たちは揃って袴姿だったんだもの。……だけど理由はすぐにわかったわ。今思えば、時村家を知らずにその門を叩いていたなんて、怖い物知らずにも程があるわね。まさか能の名門で、お父様がそのご当主の能楽師でいらしたなんて」

紬はあいた口が塞がらなかった。自分自身に対してだ。

いくら大帝國劇場の舞台にしか興味がなかったとはいえ、何てことを知らないまま蓮治と結婚してしまったのか。

お見合いの日に会った蓮治の父親の、只者でない雰囲気を思い出す。それもそのはずだ。実際、只者ではなかったのだ。

そしてあの日あの場にいなかった彼の母親は、露西亜人バレリーナだった。あの薄氷のような青い瞳はやはり母親譲りだったのだ。

何から何まで規格外すぎて、どこか遠い世界の話のようだ。

しかし、頭は大いに混乱しながらも、こんな時でさえ蓮治のことを余す所なく冷静に分析しようとする脳内のファン紬が、あれ、と首を傾げる。

（二人兄弟で蓮治さんが長男なんだから、その能の名門とやらは本来蓮治さんが継がなきゃならないのよね？　でも確かお見合いのとき――）

――俺の父親は、男は結婚してようやく一人前という考えの持ち主なんだ。このまま半人前で居続ければ、俺は役者を辞めさせられて家業を継がせられる。厳密に言えば家業はもう別の人間が継いでいるから、その下で働くことになるな。

蓮治の言葉が一言一句脳裏に蘇ってくる。

つまり能の名門である時村家は、現在は別の人間、つまり弟の宗二郎氏が継いで当主の座に納まっているということになる。だが真里乃の今の話だと、能の稽古自体は蓮治も子どもの頃に受けていたということだ。名門一家の息子なのだから当然なのかもしれないが。

つまり子どもの頃にはまだ時村家を継ぐ可能性が蓮治にもあったのが、成長した彼は大帝國劇場の俳優となる道を選んだ。デビュー前の二年間は研究生として練習期間を過ごしたから、蓮治が十代後半の頃辺りのことだろうか。

　ファン紬の脳が、紬の意思とは離れたところで勝手に高速で思考を続ける。

（でも蓮治さんの紹介文のどこにも能なんて書いてあるのを見たことがないわ。取材でも本人の口からそんな話は一度も出たことがないし、聞き手は演劇界に精通してるはずだから時村家のことを知らないはずはないのに、質問文もどこにも掲載されたことがない。そして家族の話になると途端に言葉を濁す蓮治さんの態度……。これってつまり、蓮治さん、ひょっとして勘当されたか家出してきたってことなんじゃないかしら⁉）

　蓮治は洋舞にも長けていて、和物の舞台での立ち居振る舞いも堂に入っている。前者は母親から、後者は父親から学んだもので、幼い頃から身についていたものだった。彼が舞台上で見せる確かな実力は、それらに裏打ちされたものだったのだ。

　しかしそれにしては、取材で一度も両親の存在に触れないなんて不自然すぎる。街角の小さなお教室というならばともかく、その道の人々ならば知らないはずがないほどの名門一家なのに。

　紬の中で蓮治家出説が確信に変わったとはつゆ知らず、真里乃は続ける。

「とにかくその時、あたしは彼の才能に惚れ込んだの。大人になって、女優になる夢を叶えた後、新帝國劇場から出演の打診をもらったときは思わず拳を突き上げたわ。あの才能と共演できる、それも恋人に近いような役で。――あんなに情熱的な演目だったんだもの。

稽古期間中に親密になるのも当然だと思わない？　公演が終わってからはお互いに次の仕事が忙しくて自然消滅してしまったけれど、あたしはまだ彼を愛しているわ。きっと彼も憎からず思ってくれているはず。喧嘩別れをしたわけじゃないんだもの」

真里乃は挑発的な眼差しでこちらを見る。

否、これは紛うことなく挑発だ。紬はごくりと唾を呑む。

「あなたよりあたしのほうが彼に相応しい理由、これでおわかりいただけたわよね。聞けばあなた、蓮治さんの贔屓筋だったそうじゃない。贔屓筋なら、自分の御贔屓がどう生きるのが本当に幸せなのか、考えて然るべきじゃなくて？」

そして――挑発という形を取っていながらも、真里乃の言い分はいちいち尤もなのだ。

同業者ならば仕事の精度を高めるための高度な討論も、悩み事の相談も、適切な助言もし合えるだろう。紬にはわからない洋舞や歌の専門用語も、真里乃は当たり前に知っているし、蓮治と同じように身につけてもいる。

ただ蓮治を追いかけていただけの、衣装係の紬とは違う。

真里乃は茶を飲み干すと、さて、と身支度を始めた。スカーフを再び頭にくるりと器用に巻く。

「伝えたいことはすべて伝えたわ。すぐに答えは出ないでしょうけど、この件、真剣に考えてちょうだいね。蓮治さんが帰っていらした頃にまたお邪魔するわ」

それまでに結論を出しておけということなのだろう。紬は思わず押し黙る。今この場で言える言葉なんて、紬は何も持たなかった。

真里乃は立ち上がり、一礼して立ち去りかけ、卓の上の菓子にふと目を留めた。

「あたしに分けていただいたお菓子、持って帰っても構わないかしら？」

「え？　――はい、もちろん。どうぞ」

羊羹と饅頭をひとつずつ手渡すと、真里乃は丁寧な手つきで受け取った。

「ありがとう。このお菓子大好きなの」

それじゃ、と今度こそ真里乃は退室する。彼女を玄関まで見送ってから、玄関の扉を施錠し、紬はようやく一息ついた。自宅だというのに、まるで初めて訪れた場所に閉じ込められていたかのように、全身に変に力が入っていたようだ。

扉を背に、呆然と虚空を見つめる。

突然やってきた嵐は、様々な衝撃をこちらにばらまいて去っていった。

二週間後に横浜から帰ってくる蓮治を、一体どんな顔をして出迎えたらいいのだろう。とても気が重い。今の紬にはまるで悪い催眠術にでも掛かったかのように、蓮治に「どうか離縁してください」と土下座する未来しか見えない。

（だって、推しの幸せが私の幸せなんだもの。いくら私が一緒にいたいと思っても、それで推しが幸せな人生を送れなくなってしまうなら、私は潔く身を引くべきだわ。それが真に推しの幸せを願うということ。ファンとしてあるべき姿……）

紬の中での蓮治は既に元推しなどではなく、現在進行形での推しの座に舞い戻っている。

ならば紬のすべきことはひとつだ。我を通すのではなく、蓮治の幸せを第一に考えた決断をすること。

利害の一致の上での契約結婚だったけれど、妻という役割を務める人間がいさえすればいいのであれば、それは紬でなくてもいいはずだ。真里乃がその位置に納まってくれるのであれば、時村家からすれば何の問題もないはずである。ただ小野寺家としては、この婚姻に伴って肩代わりしてもらった借金を時村家に返済しなければならないだろうが。

(それは私が一生かかってでも返すわ。幸い蓮治さんの衣装制作を担当できるようになってからお給金が上がったもの。生活費を切り詰めれば、死ぬまでにはきっと返済できるはず)

老いたのち、暗く狭い部屋で一人、具のない味噌汁だけを毎日食べることになっても、それが人としての筋を通した姿であるならば。

覚悟を決めたそのとき、紬の中に一筋の疑問が浮かんだ。

(……あれ？　でも喧嘩別れをしたわけじゃないなら、結婚相手の候補を探すってなったときに、まず真っ先に真里乃さんが候補に挙がらなきゃおかしいんじゃない？　なんで真里乃さんを飛び越えて私に白羽の矢が立ったの？)

しかしその疑問は、離縁の未来に対する気の重さにすぐに呑み込まれてしまい、紬の頭の中からすぐに消え去った。

「――豊崎真里乃と恋仲だっただと？　一体誰がだ？」

横浜から帰宅後、食卓に向かい合って座り、離縁を前提に重い話し合いを始めようとした紬に対し、蓮治は開口一番そう言った。

出鼻を挫かれる形になった紬は思わず肩をこけさせる。

「蓮治さんに決まってるじゃないですか」

「……一応聞こう。なんでそうなる？」

「真里乃さんご本人からいろいろ聞きましたよ、子どもの頃に蓮治さんのお母様や弟さんに会ったことがあるとか、新帝劇での稽古中に仲が深まって恋が始まったけれど、お互いに多忙になって疎遠になってしまったとか」

蓮治は絵に描いたような動作で頭を抱えた。

「……それで、お前はそれを信じたんだな？」

「え？　そりゃ当然……、ってちょっと待って、もしかして嘘なんですか⁉」

「嘘に本当のことを交ぜて話すのは詐欺師の典型的な手口だろ。そんなものにまんまと引っかかるなんて、馬鹿かお前は。二週間も時間があったのにその間ずっと頭を使わなかったのか」

「ちょっと人をまた馬鹿呼ばわり……ってそんなことは今はどうでもよくて！」

二週間前の真里乃との真剣なやり取りが脳裏を駆け巡る。

あの女優の芝居にまんまと騙されてしまったということなのか。

「し、信じられない……。一体何が嘘で何が本当なんですか⁉」

蓮治は食卓に頰杖を突き、半眼で紬を見やる。

「……俺の家のことはどこまで聞いたんだ？」

「えっと、能の名門だってことと、お母様が露西亜人で元プリマ・バレリーナだってことと、蓮治さんが子どもの頃、弟さんと二人で能や洋舞をご両親から習っていたことです」

大体全部か、と蓮治は嘆息する。

紬は逡巡しつつ、それと、と続けた。

「これは真里乃さんの話を聞いた上での、ただの私の当て推量なんですけど……蓮治さんってもしかして、その、……大帝劇に入るために家出したんじゃないかしらって」

すると蓮治は片眉を上げてこちらを見た。先を促しているようにも、それ以上はやめろと制しているようにも見える表情だ。紬は慌てて両手を顔の横でぶんぶんと振る。

「例によってただの妄想ですよ。気を悪くしたらごめんなさい。でも他に弟さんがおうちを継いだ理由が思いつかなくて。業界の方なら誰もが知るような名門家系なら、跡継ぎは長男のはずでしょう？　それをお父様――当時のご当主に曲げさせるなんてきっと難しいですよね。芸事に詳しくない私が言うのも何ですけど、伝統芸能をやられているおうちって、そういう部分が厳しいような印象があるから。だから大帝劇の舞台に立つっていう夢を叶えるためには、家出するほかないって結論になったんです」

とはいえ、と紬はひとつ嘆息する。

「こんなこと、私でなくても思いつきそうですけど……」

「そうだな。新聞や雑誌に憶測や妄想を書かれそうになったことは数え切れないが、中には限りなく正解に近づいている奴もいた。今のお前みたいに」

つまりは一度もその『正解』について、世間の目に触れる記事が出たことはないということだ。所属俳優への配慮が行き届いた劇場の会報ならばともかく、外部の新聞や雑誌の取材でまで大スタア月城蓮治の実家について書き立てた記事が一度も出ていないのは、考えてみればおかしい。これほど話題性抜群なことはないのに。

ふと、結婚生活を送る中で何度か耳にした、蓮治の言葉が脳裏に浮かぶ。

夫婦とは、家族とはこういうもの。世間一般の家族なら、こうするのが当たり前。

――自分自身が触れてくることのできなかった、世の中のありふれた家族なら。

(お父様が蓮治さんを守るために新聞社や雑誌社を牽制してくれてる、って考えるのが普通だけど……だっていくら家出したって大事な我が子であることには変わりないはずだもの。でも……)

蓮治がこれまで家族とは何たるかに言及したときの言葉の数々は、裏を返せば「自分の家ではそれが当たり前ではなかった」ということになりはしないか。

思い切ってそこに踏み込むべきか、紬が逡巡しているのを悟ったのだろうか。蓮治は事もなげに言った。

「親父が金をばらまいたんだ。ただしそれは俺の身を守るため、なんて理由じゃない。今は表向きは俺の弟に家督を譲って本人は後進の指導に当たっているが、その実、時村を裏で牛耳ってるのはあの狸親父だ」

実の父親に向かって狸親父とはなかなかの言い草だ。紬は相槌の打ちようもなくただ黙って聴き入る。

「もともとは順当に俺が時村の次期当主となる予定で教育されていたが、俺は能だけに縛られるのは嫌だった。母親に仕込まれた洋舞のほうが好きだったし、西洋式の歌劇もやってみたかったしな。東西の一流の芸を仕込まれたことで、それを洋の垣根なく舞台上で表現してこそ新時代の舞台芸術だ、それが後継者である俺の使命だとさえ子どもながらに思ったのに、時村の当主ときたら一度なってしまえば死ぬまでそこに縛られる。古くさいしきたりで雁字搦めで、他の芸術にうつつを抜かすことは許されない。板の上を自由に跳んだり跳ねたりするのは、俺にとって呼吸と同義だったのに」

練習室で鳥のように軽やかに舞い踊っていた蓮治の姿が、紬の脳裏に浮かぶ。

紬は確かに針仕事が大好きだし天職だと思っているけれど、呼吸と同じとまでは思ったことはない。そんな、生きる上で必要不可欠だと感じていたものを、蓮治はその生まれを理由に永遠に奪われようとしていたということだ。

「だから大帝劇の養成会の年齢規定である十七になる歳に試験を受けたんだ。十四の頃、大帝劇のこけら落とし公演を観て以来、俺の道はここだとずっと思い続けていたから。だけど親父がそんなこと許すはずがない。俺は親父には一切相談せずに家を出た」

「お母様や弟さんには……？」

「母親は理解があったよ。露西亜から覚悟を決めて能の一門に嫁入りしたって言っても、金髪碧眼で、しかも専門が洋舞とあって、親類筋から大層冷遇されて相当苦労したんだ。だから俺の気持ちをわかってくれたみたいだった。俺の家出を黙って見逃してくれたよ」

母親の気持ちを想像すると胸が痛む。ただでさえ遠い異国に嫁入りして苦労も多かっただろうに、それが伝統芸能の名門であればなおさらだろう。

紬自身、結婚の挨拶も兼ねてお義母様のお見舞いに行きたいと何度か蓮治に申し出てみたのだが、丁重に固辞されてしまった。数年前に肺を患ったのを境に体が弱ってしまい、寝たり起きたりを繰り返しているのだそうだ。体そのものが弱っているのもそうだが、知人や親戚にも会いたがらない様子だと聞くに、長年の苦労を経て心が疲弊してしまっているのではないだろうか。いつか自分にも何かできることがあるといいのだけれど、と紬は思う。

蓮治はふと、遠い目をした。

「弟は……あいつには苦労を掛けた。本来俺が被るべき全ての責任をあいつに押しつけて出てきたんだからな。あいつは俺を恨んでる」

「まさか、そんな。だって実のご兄弟なんでしょう？」

「恨んでるんだよ。実際、俺が大帝劇の舞台に立った直後に再会したとき、面と向かってそう言われたんだ」

紬は思わず絶句した。

蓮治は自嘲めいた笑みを浮かべる。

「自業自得だよ。だけど俺はその瞬間まで、弟が俺をそこまで恨んでるなんて思いもしなかった。頭では『きっと俺を恨んでるんだろうな』なんて考えちゃいたが、本当にそこまで恨まれることをした自覚がなかったんだ。最低の馬鹿兄だよ、俺は。『僕を捨てて夢を叶えた兄さんの華々しい舞台を観たら、僕は兄さんが殺したいほど憎かったんだって気付いた』って面と向かって言われて初めて、本当の意味であいつに抱えさせてしまったものの重さに気付いたんだ。情けないことにそのせいで精神が不安定になって、舞台上で台詞も振り付けも忘れて数分間も立ち尽くすなんて失態をやらかした。夜寝られなくなったのもその頃からだ」

蓮治がデビュー後二作目の舞台でやらかし、多くの贔屓筋を失うことになった、あの大失敗だ。

そんな背景が隠されていたなんて思いもよらなかった。実の弟から突き刺された言葉の刃に苦しんでいた蓮治も、そんな言葉を実の兄に発するしかなかったほど苦しんでいた弟も、どちらもあまりに悲しい。

何だか涙が滲んでしまい、思わず俯く。

蓮治は明るい語調で、とにかく、と空気を変えた。

「弟のことはともかく親父のほうは、嫡男が家出したなんて醜態を同業各所に知られるわけにはいかなかったんだろうな。家の威光が傷つくとかそんな理由だろう。新聞社や雑誌社に事前に大金を寄付して、時村家の長男が自立して己の道を歩むことになったからどうぞよしなに、とまぁこんな具合だ。多額の寄付金を受け取ったほうは喜んで口を噤むってわけだ。断じて俺のためじゃない」

本当に重ね重ね、一から十まで話の規模が違う。紬は何だか悲しみを通り越して唖然としてしまった。

「名門一家に生まれるって大変なのね……」

対してこちらは、元を辿れば華族とはいえ今は庶民である。紬とて乙女、物語に登場するお姫様や令嬢に人並みに憧れてきたけれど、これからは見解を改めなければと思う。

そういえば、と蓮治はおかしそうに笑った。

「お前が走って俺を追いかけてきたあの日——というか、俺の前で興奮してぶっ倒れたあの日」

「走って追いかけた日、でいいじゃないですか、わざわざ言い直さなくても！　……で、その日が一体なんですか？」

「実はあの頃、俺はその一件で引退も考えていたんだ」

紬は思わず言葉を失った。まさかそこまで追い詰められていたなんて。

でもきっと人というのは、悩めば悩むほど深いぬかるみに沈んでしまうのだろう。特に蓮治の場合は誰も相談できる人がいなかったはずだ。本来近しい存在であるはずの家族でさえ、この件に関しては一番遠い場所にいた。

当時の彼がどんなに思い詰めて、どんなに自分を責めていたのだろうと思うと、また涙が滲んでくる。

蓮治はこちらに向かって手を伸ばしてきた。そして紬の頬を伝う涙を指先で拭う。

「お前のまっすぐな言葉に救われたんだ」

思いもよらないことを言われて、思わず顔を上げる。

「……私の？」

澄んだ青い双眸がこちらを穏やかに、慈しむように見つめている。まるで――本当の夫のように。

「覚えているか。お前はあのとき俺に、俺がお前の人生を照らす光そのものだと言ったんだ。まだ板の上にいていいと、そう言ってもらえた気がした」

確かにそんなようなことを言った記憶はある。自分に都合よくねつ造していたと思っていたけれど、あれは現実の出来事だったのか。

けれども、そんな言葉を咄嗟にかけたのもまったく不思議じゃない、とも思う。

なぜならあの時にはもう、紬の人生の指標は他ならぬ蓮治で、俳優月城蓮治が発する言葉は人を勇気づけてくれるような前向きなものばかりだったから。そんな彼に大いに影響を受けていた紬が発する言葉はきっと、蓮治に、蓮治本人の心を改めて再確認させるきっかけになったのかもしれない。

「この道を歩き続けてもいいんだ、自分を信じて続けてもいいんだ、そう前向きに思って……大帝劇を辞めずにいてくれたってことですか？」

何だか胸がいっぱいになってそう問うてみる。

すると予想外にも、蓮治はあっさりと首を横に振った。

「いや。開き直った」

「へ？」

「誰が俺に不満を持っていようが知ったことか。これは俺の人生だ、俺のやりたいようにやる。文句がある奴は俺の人生の外側から好きに喚いているといい。俺はその言葉に耳を貸すことはない。なぜなら俺はそんな奴らよりも遥か高みにいて、地面を這いずり回る有象無象の声なんて聞こえてこないんだからな」

——棘の仮面だ。

紬はすぐに悟った。

蓮治の言葉には強さも説得力もある。傲慢に聞こえても蓮治は実際にそういう言葉を発するだけの実力を備えている。舞台裏での王様のような振る舞いは、この、彼の身上とも信条とも呼べる言葉をまさに行動で示した結果なのだろう。

蓮治の本質を知らない者がこの言葉を聞けば、やはり大スタア月城蓮治は違う、と舌を巻いたかもしれない。

——だけど。

蓮治は座椅子の背もたれに体重を預けた。

「その筆頭が弟だ。よく考えたら次男に生まれたってだけで生まれつき責任を回避していた奴が何を偉そうに。どうせ俺のように家出する度胸もないくせに、口だけ達者な意気地なしめ。悔しかったら自分の人生くらい自分で摑み取ってみせろ。――俺が開き直った後、弟がまた嫌みを言いに来たからそう言い返してやったら、兄弟仲が致命的に悪くなった。それ以来一度も会っていない。いい気味だ」

蓮治は喉を鳴らして笑う。いい気味だ、というその言葉も間違いなく本心ではあるのだろう。弟にぶつけたその言葉も、言い方に問題はあるにしろ蓮治側からすれば一理ある。だけど紬の目には、面白おかしい逸話として語る蓮治の顔が、何だか泣き出しそうに見えた。

開き直った、などと言いつつも、いまだに一人では夜に深く眠ることができないのが、何よりの証拠ではないか。

普通に生きていれば、かぶる必要などなかった棘の仮面。

それで身を守り、自分で摑み取った人生をこれからも生きていくことを選んだ彼を、傍で支える権利なんて自分にあるのだろうか。契約結婚の、形だけの妻である自分が。

けれど今はそんなことを何もかも飛び越えて、居ても立ってもいられなくなってしまった。

紬は自分の座椅子から立ち上がり、蓮治に歩み寄る。そして彼の傍らに膝をつき、正面から彼を抱き締めた。

「……どうした？　恋女房のような真似をするじゃないか」

皮肉っぽいその言葉も、今はどこか精彩を欠いているように感じる。

この一見完璧に見える人物の精一杯の虚勢に、今はただ胸がいっぱいだった。愛しさとも少し違う、哀れみとも違う。『守ってあげたい』とでもいうような。

「……いつかは弟さんと仲直りできる日が来るといいですね」

「あいつと？　御免被りたいな」

そう言いながらも、蓮治は紬の腰に手を回し、大きな手のひらで背中を撫でてくれる。

まさかそんなふうに触れ合ってくれるとは思いもよらず、紬の胸が高鳴った。

「……どうしたんですか？　天下の大スタア月城蓮治が、今日はやけに優しいじゃないですか」

照れ隠しに、思わず蓮治のような皮肉で返してしまう。すると蓮治が喉の奥で笑った。

その笑い声が直接耳に響いてきて、紬は改めて彼と密着している事実を思い知り、思わずもぞもぞと体を捩る。

「夫婦は似てくるってのは本当だな」

言って蓮治は、紬の動きを封じ込めるように腕に力を込め、自分のほうにさらに体を引き寄せてきた。紬は体勢を崩し、蓮治の胡坐の上に座るような恰好になってしまう。

「れ、蓮治さん」

こちらの心臓がばくばくと大きな音を立てながら高速で打っていることも、密着した胸を通して彼にはばれてしまっているだろう。布地越しに彼の均整の取れた筋肉を感じてしまい、一気に頬が熱くなる。

（ち、ち、近すぎる……！）

気絶しそうになりながら蓮治の肩にしがみつくと、彼の手が紬の頭をぽんと優しく叩いた。

「お前のお陰で今の俺がいる。……ずっと感謝してる。お前が俺の贔屓筋だった頃も、衣装部に入ってきてからも」

その言葉に急激に涙が溢れてきた。熱に浮かされたように、さっきから情緒がもうぐちゃぐちゃだ。

「そ、その割には蓮治さん、私に対して当たりが強かったんじゃありません!?　もっと優しく接してくれてもいいのに」

「一人の職業人としてお前の力を認めていたからだ」

言って蓮治は、いや、と続ける。

「少し違うな。……尊敬していたんだ。お前の仕事ぶりにも、真摯に自分の務めと向き合う姿にも」

そんなことを言われてしまっては、もう紬は涙を止める術を持たなかった。せっかく美しい場面だというのに体は生理現象に忠実に従って、しっかり鼻水が両の鼻の穴から垂れてくる。やっぱり自分は真里乃のような女優にはなれないな、とおかしく思った。

「おい。人の着物で洟《はな》を拭くな」

そう言いながらも、蓮治は自分の肩口に押しつけるように紬の頭に手を置いたまま、ぽん、ぽん、と幼子にするように撫で続けてくれている。紬は彼の肩に顔を埋めたまま笑った。

「私の道しるべはいつも蓮治さんでした。努力して夢を叶えて、板の上でいつもきらきら輝いていて……私もそうなりたいって思ったから、衣装係の夢を摑むことができたんです」

舞台裏の蓮治の横暴に手を焼くことも、腹を立てたことだって何度もあった。けれどあれがなければ紬はきっと、ずっとぬるま湯につかって、自分の技術や能力を高める努力をあれほど必死にはしなかっただろう。それが許されない環境に身を置くことができたからこそ、紬は見習いの身分でありながら看板俳優の衣装を担当させてもらえるまでに成長できたのだ。

それに、と紬は微笑む。

「何より、私の喜びはやっぱり——舞台上で一等輝く月城蓮治の姿を見ることなんです」

きっと紬はもうこの先一生、蓮治のファンを辞めることなどできないのだろう。蓮治が年老いて、いつか舞台を降りることになったとしても。

そしてそんな彼を、いつでも、いつまでも傍で支えられる自分になりたい。

「どんな形でもいい。衣装係としてでも、契約結婚の妻としてでも——あなたを傍で支えることができるなら、それだけでもう私の人生は上々です」

蓮治が紬の肩を優しく摑み、体を離す。涙と鼻水でぐちゃぐちゃの顔を見られてしまう、と慌てるこちらの胸中などお構いなしに、蓮治は真剣な表情でこちらを見つめてきた。

「どんな形でもいいと言ったな？」

遠い北の国、湖に張る氷のような色をした瞳が少し潤んで、揺れている気がする。どこか覚悟を決めたような眼差しだ。

一体何を言うつもりなのだろう、と紬が考える暇もなく、首の後ろを摑まれて引き寄せられた。

次いで唇に柔らかい感触。

一瞬触れただけのそれはすぐに離されて、美しい顔が再び目の前に現れる。

——何故だろう。その造作の美しさは一瞬前と何も変わらないはずなのに、あれほど彫刻のよう、美の妖精のようと思っていたその顔は、今や人間味に満ちた愛しさに溢れている。

「俺の伴侶になれ、紬」

蓮治が言った。今まで聞いたことのない優しい声音で。

これが本来の蓮治の——誠一郎の声なのかもしれない。

棘の仮面をかぶる必要もなく、ただありのままの自分をさらけ出せて、真に休まることのできる唯一の場所。

月城蓮治の仮面を脱いだ、時村誠一郎という一人の青年の生きる場所。

そんな彼の居場所に、自分がなれたなら。

洟を啜りながら、紬は微笑んだ。その拍子にまた涙がこぼれ落ちたけれど、もう気にするのはやめようと思った。

目の前の彼がこんなにも、ありのままの自分の姿で向き合ってくれているのだから。

「――私の心はもう何年もずっと、とっくにあなたのものですよ、誠一郎さん」

唇がもう一度、今度はどちらからともなく重なった。

――きっと今日が二人の、夫婦としての本当の始まりの日になる。

＊＊＊

その二日後、宣言通りに豊崎真里乃は時村邸に再びやってきた。

今度もまた手土産を携えて――今日は葛切りだ――、礼儀正しくも無遠慮に上がり込んできた彼女は、仲睦まじくお茶の用意をする紬と蓮治を見て唖然としていた。

「違うわよ誠一郎さん、このお茶っ葉は二匙茶漉しに入れて」

「こうか？」

「そうそう、ありがとう。それじゃお湯を入れるから手は引っ込めておいてね」

「お前は本当に俺を幼子のように扱うな。俺だって湯くらいは……」

「その美しい手に火傷の痕でも残ったら私、腹を切って詫びます」

「わかった。じっとしている」

「よろしい。……って、あなたの『じっとしている』は私を後ろから抱き締めるってことなの？」

「構わないだろ。両手は塞がってるんだから」

「ぐぬぬ、確かに手を引っ込めてはいるわね……。……ってあれ、真里乃さん？　どうしたんですか、そんなところに立ちっぱなしで。客間に座っててください」

　立ち尽くしている真里乃に紬が声を掛けると、真里乃は目を覚ましたようにはっと我に返った。

「……そんなでれでれした誠一郎さんの姿、見たくなかったわ！　あたしの理想である崇高にして孤高の役者とかけ離れてる！」

「……お前一体何しに来たんだ？」

　蓮治が半眼で呻くと、真里乃は芝居がかった仕草でふらりとよろめき、額を押さえた。

「あたしが愛していた誠一郎さんはもうどこにもいないというわけね。あたし達が愛し合っていた時間はもう永遠に戻らない。よくわかったわ……」

　何がわかったのかはよくわからないが、真里乃はとにかく何かを悟ったようだ。

　まるで美しい女優による上質な芝居が目の前で演じられているかのような光景に、紬はただ目を瞬かせるしかない。一方の蓮治は冷たい声音のままである。

「お前と愛し合った記憶はないんだが」

「ええ、今となってはよくわかるわ。愛し合う場面の芝居を二人きりで稽古していたから、おぼこかったあたしはつい熱に浮かされ、本気になってしまっただけ。ああ、なんて純粋な少女だった頃のあたし……！」

「そんな昔の記憶でもないが」

「とにかく！」

蓮治の冷静なつっこみをひたすらぶった切って、真里乃はいつの間にか床に取り落としていたらしい荷物を拾い、玄関のほうへ歩き出す。

「あたしの出る幕はないってこと、よくわかりました。邪魔して悪かったわね。もう来ませんから安心してちょうだい」

今度は紬たちのほうが唖然として見守る中、真里乃は、ああ、と思い出したように告げる。

「葛切り、ひとつ持って帰っても構わないかしら？」

「へ？　……ああ、はい、もちろん……」

「ありがとう。あたしここの葛切りも大好きなの」

言うが早いか、真里乃は手土産の箱を開け、葛切りを一包み取り出すと、持参した巾着に入れた。そして華やかな仕草で片手を上げる。

「それじゃ、ごめんあそばせ」

頭に巻いたスカーフを、今日は一度も取る暇もないまま、嵐は颯爽と去っていった。

後に残された二人は、唖然としたまましばらく彼女が去った玄関のほうを見送ってしまう。

「……本当に、一体なんだったんだ」

「……気まぐれな嵐が急に来て、急に去っていったわね」

せっかくのお茶が無駄になってしまったな、と少し残念に思いつつ、紬は三つの湯呑みに入れた茶を結局すべてお盆に載せた。真里乃が持ってきてくれた葛切りと一緒に二杯飲んでしまおう、と考えていると、後ろから伸びてきた腕にお盆をひょいと取り上げられる。

そのまま食卓まで運んでくれるので、紬はありがたくその後をついていく。

「真里乃さんって一緒に舞台をやっていた間もあんなふうだったの？」

「独自の世界観を持っていそうな女だなとは思っていた」

なるほど、と紬は頷く。少し思い込みが激しく、自分の世界に入り込みやすい性質なのかもしれない。それはそれでかなり女優向きではある。

真正面から真里乃と向き合うつもりでいた紬は、何だかどっと疲れてしまった。離縁だ何だとあれほど悩んだ日々は何だったのか。

しかしやはり不思議なことに、真里乃を嫌いだとか、憎いだとかは思わなかった。

紬自身も自覚がないことだったが、それは豊崎真里乃――姫咲まりが持つ役者としての空気感に惹かれていたからだった。それは畢竟、月城蓮治が持つ空気感に惹かれているのとほとんど同義でもある。

前を歩く蓮治の背中に、何だか無性に抱きつきたくなった。しばしうずうずした挙句、紬は遠慮なくそれを実行に移すことにする。

「おっと」

熱い茶が載ったお盆を持っている彼は、驚異の筋力で突然の抱擁に耐える。紬は彼の細い腰に抱きつきながら、彼がびくともしなかったことに内心ときめいていた。

(蓮治様の素晴らしき体幹……！)

「おい。また妙なことを考えてるだろ」

半眼で肩越しに振り返ってくる蓮治に、紬はごまかすようにえへへと笑ってみせる。蓮治は、まったく、などと呻きながらも満更でもない様子で、腰に紬をぶら下げたまま食卓まで歩いていく。

――結婚生活がこんなにも甘く幸せなものだったなんて。

蓮治の背中に頬をすり寄せながら、紬はその幸せに浸るように微笑んだ。

しかしいかに夫婦仲が良いほうに変化したと言っても、それはあくまでも本人たちの間だけの話だった。

世間の目から見れば――もっと言えば蓮治の元贔屓筋の目から見れば、紬が憧れの蓮治様を奪った悪女であるという所感は変わらない。彼女たちからすれば元々は契約結婚だったなんて知る由もなく、紬に対する評価は相変わらず、仕事にかこつけて蓮治の周りをうろついて妻の座をかっ攫った悪質な贔屓筋、という非常に不名誉なもののままだった。

相変わらず彼女たちからのちくちくとした嫌がらせは続いていたが、受ける紬のほうには大きな心境の変化があった。見ず知らずの他人から嫌われているという状況自体が非常に心に来るのは変わらないが、立ち直る速度が大きく変わったのだ。

（なぜなら今や私は誠一郎さんの恋女房なんですから！）

その自負は紬の心をかなり強くしてくれた。

次回作の衣装制作が始まり、新帝國劇場に出勤するようになってからも、相変わらず嫌な横断幕を持った女性たちに睨まれたりしたものの、紬は気持ちを強く持ってその前を通り過ぎることができたのだった。

しかし人間、敵対視する相手の変化には目敏く気付くものだ。どうやら蓮治と紬の仲が極めて良好らしい、という噂が広まるや、紬に対する嫌がらせは次第に度を越えたものになっていった。どこをどう調べて突き止めたのか、紬の実家にまで嫌がらせの投書が届くようになってしまったのだ。

もう数日後には次回作の稽古が始まってしまう。そんな大事なときに蓮治の気を煩わせるわけにはいかないので、紬はこのことを蓮治には黙っていた。劇場周辺にたむろする女性たちは警備員が何とかしてくれるが、実家に届く投書はそうはいかない。言い換えれば紬や両親が黙ってさえいればなかったことにできるのだ。しかし憤慨した両親を紬が宥めきれなくなるのは時間の問題だった。

――そんなある日、新帝國劇場に豊崎真里乃の姿があった。彼女は次回作の出演者には含まれていない。新帝國劇場所属というわけでもない彼女がここにいる理由は一つ、劇場内で働く実弟に差し入れを届けるためだった。豊崎真里乃という人物は、とにかく人に手土産を渡すことに喜びを覚える性質であり、同時に弟をこよなく愛する姉でもある。実は真里乃はこれまでに何度も人目を忍んで実弟の利人《りひと》に菓子だの惣菜だのを届けにきていた。

そんなわけだから、真里乃はその日も差し入れの風呂敷包みを手に新帝國劇場の従業員通用口に向かおうとしていた。しかしそこでいつもと違う雰囲気に気付いた。明らかに殺気立った女性の集団が、一瞬こちらをちらりと見て、人違いだったとばかりに目を逸らしたのだ。

彼女たちの手には謎の布が雑に畳まれている。何か文字が書いてあるように見えたので、目を凝らしてよく見てみると、何やら『辞めろ』と書かれているように見えた。

怪訝に思い、さりげなく彼女たちに近づいて、物陰で立ち止まってみる。すると真里乃が立ち去ったと思ったのか、彼女たちが仲間内で会話を始めた。「小野寺紬はもうすぐ出勤する」「今日こそあの悪女を辞めさせてやる」「蓮治様の前に二度と顔を見せるな」などと不穏極まりない文言が漏れ聞こえてくる。

真里乃はその集団が一体何なのかすぐにぴんときた。彼女自身、数々の人気俳優と恋人役を演じてきたことで、似たような負の感情を幾度となく向けられてきたのだ。

真里乃が聞き耳を立てていることなどつゆ知らず、その集団は小野寺紬の弁当に針を交ぜる方法だの、靴に糊を仕込む方法だのを話し合っている。

蓮治を奪われて許せない気持ちは真里乃にだってよくわかる。納得することがどうしてもできなくて、だからこそ紬本人に直談判に行ったのだ。好きな人が他人のものになってしまったら誰だって辛い。その相手を恨みたくもなるだろう。

けれどその負の感情を陰湿な嫌がらせという形で発露して、それで蓮治が自分のものになるわけではない。それどころか、蓮治がその事実を知ればどうなるか。一体この世のどこに、自分の愛する伴侶を傷つけられて、傷つけた張本人を愛する阿呆がいるというのか。

真里乃は髪を覆うスカーフを摑み、颯爽と外した。そしてその集団の前に歩み出る。

姫咲まりだ、と誰ともなくざわめく。道行く人々までが足を止めてこちらを見ている。

従業員通用口の奥には弟の利人の姿が見えた。事前に約束していた時間になったから差し入れを受け取りに来たのだ。利人が目を丸くして、突然群衆の前に姿を現した姉を見つめている。

真里乃は弟に笑いかけると、蓮治の贔屓筋集団をきっと睨んだ。

「ええ、あたしこそが姫咲まりです。月城蓮治さんとその奥方、紬さんの知人のね」

贔屓筋集団はどよめきながら目を見合わせている。真里乃は彼女たちにずいと歩み寄った。

　そして往来にも聞こえる、よく通る澄んだ声で言い放つ。

「あんたたち、蓮治さんのことが好きなんじゃないの？　だったら馬鹿な真似はよしなさい。そんなことをしても蓮治さんは喜ばない、それどころかあんたたちに失望する一方よ。御贔屓を失望させるなんて、自分の行いが恥ずべきものと知りなさい！」

　姉さん、と通用口の奥で利人が悲鳴を上げているが、真里乃は無視した。

　目の前の贔屓筋集団は、誰も彼もばつが悪そうに真里乃から視線を逸らしている。誰一人こちらと目を合わせようとしない。皆、後ろめたさを抱えているのだ。

　真里乃は彼女たちの顔を一人一人じっくりと見渡し、告げた。

「紬さんのことを好きになれとまでは言いません。でもせめて、蓮治さんに――好きな人に誇れる姿でいなさいよ」

　言いたいことをすべて言って、「以上です。ごめんあそばせ」と優雅に一礼すると、真里乃は通用口のほうへと歩いて行く。集団が真里乃を避けるようにすっと道を空ける。

　利人は真っ青な顔をして飛んできたが、その目はどこか輝いて見えた。この劇場で日々働く弟は、この状況をきっとよく知っていて、密かに胸を痛めていたのだろう。

　真里乃は満足そうにひとつ頷くと、後ろを振り返ることなく劇場の中へと去っていった。

　姫咲まりが劇場前で悪質な集団を黙らせた――という報せは、あっという間に新帝國劇場中に知れ渡った。

そんなことになっているとはつゆ知らず、今日も従業員通用口の前で嫌な横断幕に取り囲まれることを覚悟しながら出勤した紬は、そこに人影すらないことに拍子抜けした。彼女たちはどういう手段でか、いつも警備員の目を巧妙に掻い潜って紬の出勤に合わせて集まってくるのにだ。今日に限って警備員さんがうまくやってくれたのかしら、と首を捻りながら衣装部に向かい、そこで先輩方から件の話を聞かされたというわけである。

その夜、紬は早速その顛末を蓮治に報告した。数日後、両親から「あれから悪質な手紙が届かなくなった」との報せも無事に入ったので、もう話してもいいだろうと判断し、実家宛の投書のことも蓮治に打ち明けた。なぜ早く言わない、と思い切り怒られてしまったが。

「姫咲まりに先を越されるなんて」などとぶつくさ言いながら、蓮治は翌日、新帝國劇場を通して改めて声明を出した。そこには自分は伴侶と互いを想い合い慈しみ合っていることや、伴侶に危険が及ぶことは非常に許しがたい、というような意味のことが簡潔に書かれていた。

真里乃が相手取った贔屓筋たちは、恐らく紬に嫌がらせをしてきた者たちのすべてではないと思う。蓮治の声明文を読んでなお、自分の暴走した想いのままに動いてしまう者も中にはいるだろう。

けれど紬は、もう何も怖くないと感じた。

真里乃という思わぬ強い味方がいることももちろんそうだが、何よりも自分には蓮治がいる。

——発行された声明文の写しを丁寧に畳みながら、紬は食卓の向かいに座って茶を飲む蓮治を悪戯っぽく見つめた。

「これって、誠一郎さんから私への恋文だと思っていいのよね？」

ぶっ、と蓮治が茶を噴き出す。紬は思わず笑った。お茶を噴いちゃう蓮治さんもかわいい、と脳内のファン紬が騒ぎ、一方で、なんて愛おしい人なのかしら、と恋女房紬が微笑ましく思っている。

来週からはいよいよ次回作の稽古が始まる。英吉利からの客演も含めた、すべての演者や公演関係者が集まる集合日だ。

まだ見ぬ大傑作の予感に、紬は胸が高鳴るのを感じていた。

第三章　私の後ろに道はできる

月城蓮治の結婚騒動は、他ならぬ月城蓮治本人の声明により概ね決着がついた。

新帝國劇場の従業員通用口にたむろしていた集団はすっかり鳴りをひそめた。本人や周囲の予想通り、多くの客足もまた劇場から遠のいてしまったものの、予想外のことも起こった。

紬を庇ったあの声明文は、紬以外の女性たちの目からも、熱烈な恋文に見えたらしい。「奥さんをそんなに愛しているなんて素敵」「愛情をあんなに率直に表現してくれるなんて情熱的でかっこいい」と、また別の層からの支持率が上がったのである。

一方で、それまで蓮治を評価していた男性たちからは、日本男児たるもの人前でそんなことを軽々しく語るべきではない、という言説も出たものの、これもまた時機が蓮治に味方した。新帝國劇場の次回作は、英吉利人の歌手と踊り手を客演に迎えての演目だ。海外の演劇贔屓たちからの注目も集まっている。男性であろうが率直に愛情を表現することの多い西洋の国との連携ということもあり、西洋かぶれの男性たちからは「これからの時代、日本の男もこうでないと」と支持が集まったのだ。

そんなわけだから、結果的に蓮治の人気は――ファン層に大きな変化があったものの――

—その分母自体は変わらぬままだった。

押しも押されもせぬ看板俳優である蓮治が主演を務める新帝國劇場の次回作は、だから劇場中がそれまで以上に総力を挙げて公演準備に奔走することになったのである。

——しかしいよいよ明日が新作公演の集合日というその夜、事件は起こった。


「——マネージャーさんが事故に遭った!?」

一足先に帰宅していた紬は、今しがた帰宅した蓮治の言葉に素っ頓狂な声を上げた。

衣装部は集合日の何日も前から稼働しているから、紬にとっては明日はただ単に昨日や今日と変わらない出勤日だ。集合日の集まりには衣装部からも長である梶山が出席するが、紬たち下っ端はわざわざ呼ばれたりしないので、『自分たち以外が一堂に会する日』でもある。

蓮治は座長として、海外からの客演御一行をもてなしたり、稽古が始まる前に様々な案内をしなければならなかったので、毎日マネージャーと二人で忙しく動き回っていた。その傍ら、自分の稽古準備もしなければならなかったから、まだ稽古開始前だというのにここ数日その顔は何だか疲れ切っているように見えてはいたけれど、今日はその比ではない。

蓮治はげっそりした顔のまま、首をこきこきと鳴らしながら呻いた。

「夕方、俺の——というか運営の使いっ走りで一人で車を走らせていたときに、一瞬居眠りしたらしい。気付いたら民家の塀に激突していて、本人は両腕と両足を骨折していた。

幸い命に別状はないが」

ひぇ、と紬は思わず小さく悲鳴を上げた。

マネージャーの竹田は蓮治に負けず劣らずの長身で、帝国軍人のように立派な体躯を持つ人物だ。そんな彼がそれほどの怪我を負うなんて、どれだけ強い衝撃だったのだろうと思うと身が竦む。

「それで、マネージャーさんは今どうしてるの？　大丈夫なの？」

「病院に担ぎ込まれて骨接ぎされて、今は家にいる。しばらくは定期的に医者を呼びながら自宅療養だろうな」

生まれてこのかた骨折などしたことのない紬は、その怪我が治るまでにどれだけかかるのか見当もつかない。しかし一週間や二週間では決して治るものではないだろう。

蓮治は苦い表情で首を横に振った。

「医者が言うには、骨が完全に固まるまでに最低でも一月半から二月はかかるらしい」

そんな、と紬は呆然と呟く。稽古は明日から始まり、一月後には本番を迎えるのだ。到底間に合わない。

「誠一郎さん、マネージャーさんなしで稽古期間を過ごして、本番も迎えなきゃならないってこと……!?」

紬から見ても、それは土台無理な話だ。ただでさえ蓮治はいつも主演級の役を割り振られ、新聞や雑誌の取材、その他諸々の細かい仕事が、きつい稽古の合間にぎゅうぎゅうに詰め込まれている。普段でさえそうなのに、今回は主演、つまり座長なのだ。さらには海外から客演もあるときている。あの体力自慢の敏腕マネージャーが居眠り運転をしてしまったことからも、それがどんなに激務なのかは推して知るべしというところだ。

蓮治は宙を仰いだ。

「参ったな。お手上げだ。俺は自分の明日の予定すら、ざっくりとしか把握していない」

「……一体どうするの？」

「とりあえず流れに逆らわず、場の空気を読みつつ立ち回るしかないな」

つまりはお手上げということだ。彼の言葉通りに。

紬は頭を抱えた。ここ数日の間に蓮治との軽い世間話から得た彼の予定が、脳内を勢いよく駆け巡る。

(もうすぐ運営側が主催する英吉利人の演者さんたちとのパーティーがあるわ。蓮治さんももちろん列席しなきゃいけないって言ってた。稽古の予定表は衣装部にも共有されてるし把握できるけど、それ以外の取材や細かい仕事まではわからないから、とにかくマネージャーさんに蓮治さんの予定表を一覧でもらわないといけない。運営側で全部把握できてるとは思えないし、方々で予定表を確認して掻き集めるよりそのほうが早い！)

マネージャーの住所は、蓮治と共用の住所録に書かれているから知っている。幸いなことに今の乃木坂の家からはさほど遠くない。まだ通りに辻馬車が通っていればいいけど、と思いながら、紬は着物の上から肩掛けを掛け、さっき帰宅して椅子の上に置いたばかりの手荷物を再び取り上げた。

　蓮治が首を傾げる。

「何をしてるんだ」

「決まってるでしょ。マネージャーさんの家に行って、明日からの蓮治さんの予定を全部教えてもらうの」

　蓮治は不思議そうな顔のまま、懐から黒い手帳を取り出した。

「俺の予定がびっしり書かれた奴の手帳なら、さっきかっぱらってきたからここにあるが」

「それを早く言ってちょうだいよ!!」

　叫ぶや、紬は蓮治の手から手帳をひったくった。大急ぎで頁を捲る。

「本当にびっしり書かれてるわ。明日は歌稽古と場面稽古の間にこの仕事ね、明後日は、明明後日は……、よし。少し調整が必要そうだけど、この手帳があれば勝てる！」

「一体何と戦うつもりなんだ？」

「向かってくるものすべてと、に決まってるでしょ！」

　紬の勢いに、蓮治はやや気圧されたような表情だ。紬は鼻息荒く手帳を指し示す。

「さしずめここに書かれてるのは、誠一郎さんがこれから討ち入るべき軍場《いくさば》よ。事前に予定表をしっかり確認して、懐中時計の中身よろしく絡繰りみたいに寸分の狂いもなく動かなきゃならないの。そして今から、その管理の役割を私が務めます！」

門外漢の衣装係が何を余計なことを、と余人には言われるかもしれないが、紬からすれば今こそ己の腕の見せ所なのだ。何しろ紬は本気の推し活経験者。ファン時代は推しの予定を把握することに余念がなかったのである。かつては大帝國劇場の年間の上演予定表を見ては、「この日から本番が始まるなら、きっとこの日からこの日までが稽古期間ね。お衣装の仮縫いはこの辺りかしら。今頃は多分顔合わせの時期だわ。蓮治様、がんばってください！」などと、推しの稽古予定を予測する遊びをしていたほどだ。そして実際に新帝國劇場に就職してからは、それらの予測が概ね当たっていたことを確認し、己の的中率にこっそり満足したものである。

紬は手帳をぺしんと叩きながら言い放った。

「今日から私のことは官兵衛と呼んでちょうだい！」

頭を抱えたくなるほどの逆境だというのに、紬の心は熱く燃え、来たるべき戦に向けて逸っている。早く立ち向かいたい、とわくわくしてすらいる。

蓮治と二人で手を取り合って挑むことができるなら、何だって軽々と飛び越えられる気がするのだ。

蓮治はしばらく呆けたような顔で紬を見ていたが、やがて悪戯を企む少年のような表情になった。片方の口角を上げてにやりと笑う。

「お前が軍師の戦か。面白くなってきたな」

その表情がびっくりするほど魅力的で、紬は手帳を握り締めたままわなわなと震えた。

「今日も推しの顔が最高を更新してきた……っ！」

「おい。夫って言え、そこは」

「いいえ！　これは妻として夫を支えたいという気持ちよりもむしろ、『推しに不便があってはならない、推しには何の心配もなく演技に集中してほしい！』というファン魂に他ならないんです。蓮治さんは大船に乗ったつもりで私についてきてください！　不肖ながら腕が折れても舵を取ってみせますから！」

　呼び名がすっかり本名ではなく芸名に戻ってしまっているが、蓮治はそこは諦めたようだ。もともと劇場内では紬は彼を相変わらず芸名で呼んでおり、敬語も使っているから、こちらの意識が完全に仕事のほうに切り替わっていると彼も心得ているのだろう。

「軍師の次は舵取り役か。そりゃますます面白い」

　蓮治はまるで――彼もまた、紬と手を取り合ってこれから多忙な日々をこなしていくのを楽しんでいるかのような顔で、笑った。


　それからはまさに怒濤の日々だった。

　様々な事柄を管理し滞りなく進行していくという能力を惜しみなく発揮し、紬は兼任マネージャーとして精力的に蓮治を支えた。稽古の合間の取材の世話から、新しい運転手の手配、辻馬車の呼び出しに接待で使う食事処の予約まで、時間の無駄も手間の無駄も極力ないようありとあらゆる手配をした。

一方で衣装係としての経歴や技能の向上も決して諦めたくはなかったから、衣装部の一員として自分のすべき仕事はすべてこなした。とはいえ月城蓮治のマネージャーが事故でしばらく休職することは周知のことであり、劇場として何より優先すべき事柄は、目の前の公演の幕を無事に開け、そして幕を下ろすことだ。そのためには誰かがマネージャー代理の役割を務めることは必須事項であり、そして当の月城蓮治が、公式に紬をその役割に指名した。紬以外の誰もこの非常事態を蓮治の傍で一緒に切り抜けようという猛者はおらず、自然、衣装部内で紬に振り分けられる仕事の負担は通常時よりも軽くなった。竹田の事故の原因が過労による睡眠不足だったことも、紬が倒れるまで仕事をする羽目にならずに済むことになった理由である。

とはいえ紬は、蓮治が着用する衣装を意匠から一着制作するという、必ず行なうべき仕事を変わらず抱えている。頭の中は常に、衣装の進行と蓮治の今日明日の予定とでいっぱいだった。蓮治と一緒にあちこち飛び回り、体も確かに疲れていたが、頭のほうがもっと疲れていて、暇を見つけては羊羹を囓ったり飴を舐めたりして凌いだ。

劇場内を走り回る紬を支えてくれたのは、意外なことに演出部の豊崎利人――豊崎真里乃の弟だった。

数名いる演出助手のうちの一人という立場の彼は、普段は床山のほうを担当しており、衣装部の紬とはあまり接点がない。演出部内は分業化されていて、衣装部担当の演出助手はまた別にいる。だから同じ職場で一緒に働いているのに、紬は利人とまともに話したことはほとんどなかった。

最初に利人が話しかけてきたのは、今公演の集合日のことだった。「先般は姉がご迷惑をお掛けしたようで……」と恐縮しきっていたので、紬は却って慌ててしまった。蓮治の一部の贔屓筋からの嫌がらせが収まる最初のきっかけをつくってくれたのは真里乃なのだ。むしろ礼を言わねばならない立場である。

利人は真里乃によく似た整った顔立ちをしているが、華やかでどこにいても目立つ姉とは違い、少し控えめで優しげな印象の青年である。その印象の通り、彼は多忙を極める紬を気に掛けてくれていて、演出部から衣装部に何か仕事を頼まねばならないときにも、衣装部担当の演出助手に掛け合って、紬にあまり負担を掛けないよう根回ししてくれた。紬が事あるごとに囓っていた羊羹や飴も、実は彼からもらったものだ。「姉からの差し入れのお裾分けですが」と穏やかに微笑む彼は、疲れ切った紬にはまるで菩薩のように見えた。

ちなみに後から知ったことだが、紬の謹慎中に神棚のはたき掛けをしてくれていたのは、他ならぬこの豊崎利人だった。以前から紬がはたき掛けをしている姿を何度か見かけていたらしく、「自分も見習おう」と思ってくれていたのだそうだ。

客演の英吉利人男性二人――歌手と踊り手は、蓮治のことをすっかり気に入った様子だった。

驚いたのは、蓮治が彼らと流暢な英語で話していることだった。聞けば彼の母親が英語が堪能で、母国語である露西亜語と日本語を合わせた三ヶ国語を操る才女なのだそうだ。

蓮治は「母親に比べれば英語も全然だし、露西亜語に至ってはからっきしだ」と珍しく謙遜していたが、英語を母国語とする人々と何の遜色もなく会話できているだけで十分すごいと紬は思う。

念のためにと手配された通訳が同行していたが、彼の出番は結局、二人が英国に帰国するまでの間ついぞ一度もなかった。あまりに手持ち無沙汰だったのか、それともまったく仕事をしないわけにもいかないと思ったのか、次第に三人の会話をそのまま紬に通訳してくれるようになった。英語などまったくもってちんぷんかんぷんな紬としては正直とても助かった。にこにこと微笑んで傍で話を聞いているふりをするにも限界があったのだ。通訳の彼のお陰で紬も少しだけ会話に入ることができたし、英吉利人男性二人も笑顔で紬に接してくれた。

「英吉利の男性って紳士だって聞いてたけど、本当ね」

ある夜、怒濤の仕事を終えて帰宅し、蓮治と二人で寝る前に白湯を飲んで一息つきながら、紬はうっとりと昼間の出来事を思い返した。

前が見えないほどの衣装の山を両手に抱えて階段を下りていた紬は、最後の一段を踏み外して転びかけた。とはいえそんなことは普段からままあるので、紬にとっては大した問題でもなかったのだが、そこにたまたま廊下を歩いていた英吉利人歌手が顔色を変えてすっ飛んできてくれたのだ。彼は英語で何事か話しかけてくると、紬の腕から衣装を片手で取り上げ、もう片方の手で紬の手を取り、階段の最後の一段を下りきるのを手伝ってくれた。あまつさえ目的地である稽古場まで衣装を運んでくれて、稽古場の扉まで開いてくれたのだ。

　そんなお姫様のような扱いは受けたことがなかったので、今も思い返すと頰が火照ってくる。

「歌手のマイケルさん、とっても背が高くていらっしゃるから、扉を押さえてくれた腕の下を潜るような恰好だったわ。それに踊り手のリチャードさんは、今までに見た日本の踊り手の方とも違う体格で素敵よね。骨格とか筋肉の付き方とか、やっぱり違うのね」

　両手のひらを口もとの前で合わせ、夢見るように宙を眺める。後半はただの舞台ファンの感想になってしまったが。英吉利の踊り手の体で表現される舞踊は、日本の踊り手のそれとはまったく異なる良さがある。無論紬はどちらも好きだし、一番はやはり蓮治の踊りであることに変わりはないのだが。

　素敵な記憶を思い返しながら満足げに白湯を一口飲んだところで、紬は、食卓に向かい合わせでむすっとしている蓮治の顔に気付いた。

「あら？　どうしたの、機嫌悪そうな顔して」

「別に機嫌悪くはない。気に入らないだけだ」

　同じように思うけど、と思いながら紬は首を傾げる。

　蓮治は食卓に頰杖を突いたまま、あらぬ方向を睨んでいる。

「豊崎の弟や通訳だけじゃ飽き足らず、客演の連中まで警戒しなけりゃならないとはな

「……」

「？　警戒って……一体何に？」

「別に」

そう言って蓮治は白湯を飲み干し、「寝るぞ」とやはり機嫌悪そうに告げてくる。一体どうしたのだろうか。どこからどう見ても、何事か不満があるようにしか見えないのだが。

紬は湯呑みを二つ流しに置いて、寝室へと向かう廊下で待つ蓮治にぱたぱたと小走りに追いつく。すると普段ならばそのまま並んで歩くだけなのに、今日はなぜだか蓮治はこちらの肩を抱いてきた。表情はむすっとしたままなので、甘やかな夫婦の触れ合いというよりは、何だか親分が子分に絡んでいるような恰好だ。色気も何もあったものではない。眠るときは依然として紬は枕係なので、もともと色気などないのだが。

紬がひたすら疑問符を浮かべている横で、蓮治はやはり紬のほうを見もしないまま、低く呟いた。

「……あまり心配させるな」

「？」

ただただ首を傾げるしかない。

……推しに対しては二手も三手も先回りして頭が回るのに、自分のこととなると途端にからっきしになってしまう紬であった。

紬と蓮治の多忙を極める日々の努力の甲斐あって、稽古は概ね恙なく進んだ。
当初密かに懸念されていた蓮治の歯に衣着せない物言いは、蓋を開けてみれば英吉利組の面々には好評で、彼らは蓮治との稽古や食事などを日々楽しんでくれている様子だった。西洋の人々に受けがいい性格なのか、それとも英語を話すときの蓮治が少し猫を被っているのか、紬にはわからないが。

通訳の男性も、そして利人も相変わらず紬を快く手伝ってくれるし、衣装部の先輩方も協力してくれているから、このまま何事もなく本番の幕が開きそうだと紬が胸をなで下ろした、その矢先だった。

本番まであと一週間もないというある日、とある客演の若手俳優と蓮治が稽古場で言い合いになったのだ。

恐れ知らずにも蓮治に突っかかったのは、普段は日舞を主とする舞台で活躍しているという新進気鋭の青年だった。今公演の演目は、日本文化と西洋文化の融合を目指しており、それぞれに見せ場がある。英吉利人の踊り手リチャードを筆頭とした洋舞の踊り手たちの見せ場の場面もありながら、舞台冒頭は拍子木の音をきっかけに一気に照明が照らされる、いわゆる『チョンパ』から始まり、華やかな着物を身に纏った踊り手たちが舞い踊るのだ。そしてこの青年、鈴木龍《りゅう》ノ《の》進《しん》は、弱冠二十歳でありながらその冒頭の場面を皮切りに様々な場面で中心を任されていた。

勇ましい芸名に反して色白細面な彼は、どこか蓮治の父親に雰囲気が似ている。ともあれ龍ノ進青年は蓮治を睨みつけた。

「この場面は日本の舞いや踊りを魅せること、ひいては海外からの観客に日本文化を紹介する目的もあるはずです。月城さんの洋舞じみた踊り方では、場面全体の均衡が崩れてしまう。この場面の存在理由そのものが揺らいでしまうとは思いませんか」

はっきりとした物言いに、紬は内心ひやりとした。実は紬はこれまでにも何度か、龍ノ進が稽古場で蓮治に何事か物申しているのは目撃している。そのときはきっと場面づくりのために何か相談しているのだろうと思っていたが、この様子だとどうやらそういうわけでもなかったようだ。

龍ノ進が意見したのは、演目の一幕終わりの、二幕へと観客の期待を繋げるための重要な場面についてだった。確かにこの場面では日舞の踊り手たちが舞台上に勢揃いし、蓮治がその中心で踊る。蓮治が演じるのは、英吉利からやってきた洋舞の踊り手たちと、それを迎える日舞の踊り手たちを繋ぐ懸け橋のような役どころだ。日本人役ではあるから、龍ノ進の言っていることも確かに一理ある。

ちなみに紬はマネージャー業と衣装制作を両立させるため、可能な限り稽古場に衣装や道具を持ち込んで作業しているので、どうしても衣装の制作部屋でないと作業が難しいとき以外は、蓮治に付き添って稽古場に詰めている。

二人の言い合いに気付いた他の出演者や裏方たちが、ぴりっと緊張した気配がした。皆言い合いに気付かないふり、見ていないふり、誰かと他のことを話しているふりをしているが、稽古場にいる全員の意識が確実に蓮治たちに集中しているのを紬も肌で感じる。

蓮治は青い瞳を眇めた。

「まったく思わないな。話はそれだけか？」

こんなにもばっさりと切られるとは思わなかったのだろう、龍ノ進は一瞬怯んだが、拳をぐっと握ってさらに言い募る。

「後ろで踊っている僕らの身にもなってください。せっかくの踊りを真ん中で台無しにされては堪らない。――皆さんもそう思いますよね？」

龍ノ進はそう言って、ともに踊る踊り手たちを見渡す。踊り手たちは気まずそうに目を逸らしているだけで、肯定も否定もしない。迂闊に口を開けないといったところだろうか。

それはそうだろう、と思う。この新帝國劇場において蓮治に楯突くということはすなわち、今後の役者人生で二度と新帝國劇場の板を踏めない可能性があるということなのだから。

龍ノ進は仲間たちからの賛同を得られないまま、ひとりで蓮治に立ち向かってくる。

「月城さんの専門が洋舞ということは存じています。確かにあなたは帝国屈指の踊り手だ。でも、だからこそ日舞はうまく踊れないんですよね？　洋舞の要素を入れ込むことで、日舞が不得手なことをごまかそうとしているんだ！」

その不躾な物言いに、さすがに稽古場がざわつく。

ここらで誰かが止めなきゃ、と紬は思った。思った次の瞬間、はっとする。

（誰かって――マネージャー代理の私しかいないじゃない！）

「す、鈴木さん、どうかその辺で……」

紬は慌てて針を手首につけた針山に戻し、蓮治と龍ノ進の間に割って入る。蓮治を宥めながら演出部席の利人に目配せすると、聡い彼は心得て、すぐに演出家に耳打ちしてくれた。ほどなく演出部から「今から二十分、休憩を取ります」と号令がかかる。

張り詰めていた場の空気が、助かったとばかりに俄に緩んだ。龍ノ進は悔しそうに歯噛みし、稽古場から飛び出していってしまった。

紬はひとまずほっと胸をなで下ろし、蓮治を見上げる。彼の胸もとを押さえて宥める姿勢を取ってはいるが、意外なことに彼からはさっきからずっと一切の抵抗を感じなかった。

「蓮治さん、よく堪えましたね」

すると龍ノ進が去ったほうを見送っていた蓮治は口角を上げた。

「いや。若手にしては珍しく気骨のある奴じゃないか」

あら、と紬は思う。どうやら龍ノ進青年は蓮治のお眼鏡にかなったようだ。

しかしそう簡単に他者を認める蓮治ではなかった。

「だがあいつは圧倒的に実力不足だ。他の劇場ならいざ知らず、本来なら新帝劇のチョンパや一幕終わりで中心を任されるような器じゃない。まして俺に意見するとはな」

「え？　でもお上手だから真ん中に選ばれたんですよね？」

紬には正直、日舞の上手い下手はよくわからない。だが中心で踊っているからには実力が認められたのだろうと見当がつく。

　すると蓮治は小馬鹿にしたような視線で見下ろしてきた。

「事務所のごり押しに決まってるだろ。実力だけなら上手《かみて》から二番目の奴のほうが段違いに上なのに、あいつは弱小事務所だからあんな端に追いやられてる」

「……そういう裏事情を知りたくはありませんでした」

「一年以上もここで働いてるくせに何を言ってるんだ」

「薄汚い大人の事情は見ないようにしてきたんですっ！」

　紬は新帝國劇場のファンでもあるから、見られる夢は見続けていたいのだ。

　蓮治は少し呆れたような顔をした。

「そういう事情を薄汚いと思っているようじゃ、お前は運営のほうには向いてそうにないな」

「運営のほうに転向する気もないですから！」

　頬を膨らませる紬に、とにかく、と蓮治は稽古場の扉のほうを示した。

「実力もないくせに口だけ達者な奴の鼻っ柱は早めに折っておくに限る」

「……何をする気ですか？　喧嘩はやめてくださいね」

「心配するな。喧嘩ってのは同等の実力を持った者同士じゃないと成立しない」

　――ってことは喧嘩じゃなくて弱い者いじめってことじゃないですか、とはさすがの紬もこの場では言えなかった。

　蓮治は据わった目で呻いた。

「俺が日舞をうまく踊れないのをごまかすために洋舞っぽく踊っているだと？　――面白い冗談じゃないか」

紬は一旦蓮治のことは稽古場に任せて、先ほど飛び出していった龍ノ進を追ってみることにした。稽古場から一斉に「この状況で蓮治を置いてどこかに行かないで」と縋るような視線を向けられた気がするが、気付かないふりをして廊下を駆ける。

角を曲がると、廊下の長椅子に腰掛けて虚空を仰いでいる龍ノ進を見つけた。周囲には人影はない。紬が彼に駆け寄ると、気付いた龍ノ進は姿勢を正し、こちらに向かって一礼した。

「先ほどは失礼しました」

「いえ。あの、大丈夫ですか？　気になって様子を見に来ちゃいました」

龍ノ進が紬に遠慮して立ち上がろうとするので、紬は慌てて彼を制した。基本的には裏方に対しても礼儀正しい青年なのだ。彼が少し席をずれてくれたので、紬はありがたく隣に座ることにする。

「……すみません。稽古場の空気を乱してしまって。でももうすぐ本番の幕が開いてしまう。今を逃せば言える機会はもうないと思ったんです」

龍ノ進は静かにそう告げた。稽古場をぴりつかせたのを申し訳なくは思っていても、蓮治に楯突いたこと自体を後悔してはいない様子だ。

紬は密かに、彼の意思の強さに感服した。蓮治の言ではないが、若手俳優でここまで肝が据わっている者は今まで見たことがない。それに蓮治は龍ノ進が場面の中心を務めることに対してああ言っていたけれど、新帝國劇場の演目に出演できている時点で、ある一定の水準の実力を備えていることは確かなのだ。

しかしそのことと、先ほどの行動を許容できるかどうかはまた別の話だ。紬が引っかかっているのは、大スタア月城蓮治に若手が楯突いた、などということでも、場の空気を凍りつかせたことでもない。

紬は言葉を選びつつおずおずと告げる。

「鈴木さんのお気持ちもわかります。でも、演出家の先生があれでいいと仰って稽古が進んでいるものを、今になって演者さんが覆すというのも……」

稽古場において、演出家は絶対的な存在だ。どのように舞台をつくり上げるかは、すべて演出家の采配によって行なわれる。時には演者側の意見が採用されたりということもあるが、それは演出家と相談という工程を経ての話だ。指揮を執る演出家が「これでいく」と決めたものを、演出家への相談なしに演者側が勝手に変更するのは普通は認められない。演出家の意向は、ひいては劇場側の意向でもあるからだ。意見があるなら相談すればいいだけの話であるのだし、そもそも場の責任者を無視して勝手に動くなどというのは、舞台の現場だけでなく社会のあらゆる場面で歓迎されない行為だろう。

龍ノ進もそのことに思い至ったのか、恥じ入ったように身を竦めた。

「確かに……月城さん本人に言う前に、まずは先生に意見すべきでした。あの場でついカッとなってしまって……」

　あれ、と紬は首を傾げる。こんなにすぐにわかってもらえるとは思わなかったのだ。本当に本人の言う通り、頭に血が上ってつい言ってしまった、という感じだったようだ。しかしそこまで頭に血を上らせるに至った経緯がよくわからない。演出内容がずっと気になっていたのなら、早い段階で演出家に相談すればいいだけの話だったのに。

（若手さんだからさすがに先生には遠慮しちゃったのかしら？　でもそれにしては、蓮治さんにはあんなに怖い物知らずな物言いを――）

　思考に没頭しそうになった紬に、龍ノ進は続ける。

「月城さんのことを帝国屈指の洋舞の踊り手だと思っているのは本心です。でも、だったら、あの役は月城さんじゃないほうがよかった。日舞に精通し、下手な小細工をしなくても踊ることのできる役者をあの役に据えるべきだった。僕はそう思っているんです」

　下手な小細工、という言い草にさすがに紬はむっとしたが、次いで発せられた彼の言葉に思わず口を噤んだ。

　龍ノ進はどこか必死にも見える形相で続けたのだ。

「だってあれじゃ、世間の評価は『やっぱり月城蓮治は洋舞が専門だから日舞は踊れないんだ』となってしまう。せっかくあんなに素晴らしい役者なのに、そんなの悔しいじゃないですか。月城蓮治のすごさはあんなものじゃないのに！」

——さすがにぴんときた。

鈴木さん、と紬はごくりと唾を呑む。

「あなたひょっとして……蓮治さんの贔屓筋ですね？」

「えっ⁉ ど、どうしてわかったんですか⁉」

途端に龍ノ進は赤面した。

しかしどうしても何もない。自分の言葉によって自白したも同然なのだから。

ばれちゃったならしょうがない、とばかりに龍ノ進は顔を赤くしたままがしがしと頭を掻いた。

「あの役は確かに洋舞も踊れる人じゃないと成立しない役だけど、月城さんほどの踊り手でなくとも、新帝劇の所属俳優なら他にも水準に達している人はいたはずです。だからなおさら、いくら主演だからって、月城さんの評価が下がるような役に配役されたことが憤ろしくて堪らないんです。まして今公演は海外からの注目も集まっているのに……今となっては、こんな大事な公演で月城さんの魅力を最大限に引き出せないような配役をした運営側や、脚本や演出の先生にまで怒りすら覚えますよ」

彼はそこまで一息に言って、まずい、と言いたげな顔になった。

「す、すみません、今の話は、先生方や運営のほうには他言無用で……」

「……もちろん、誰かに言ったりはしませんけど……」

紬は思わず圧倒されていた。

龍ノ進が抱える、蓮治に対しての果てしなく大きな感情に対して。

愛する人を慕ってくれる相手というのは、無条件に好ましく思うものだ。

しかしそれ以上に、頭の中でファン紬が今にも卒倒しそうなほど興奮していた。

(同じ人を推す仲間ですね!!)

しかし今、龍ノ進青年の前での紬は蓮治専属の衣装係であり、臨時のマネージャー代理である。そんな浮ついた感情はおくびにも出すわけにはいかないので、紬は精一杯のしかつめ顔で咳払いをした。

「鈴木さんのお気持ち、とてもよくわかりました。ひとまず今は稽古場にお戻りください。休憩時間が終わってしまいます」

「……はい」

少し頭が冷えたのか、気まずそうな顔をする龍ノ進に、紬は大きく頷いてみせた。

蓮治はさっき、具体的に何をするつもりなのかは言わなかった。しかし紬には彼の意図が何となくわかるのだ。彼を追ってきたファンとしても、彼を支えるマネージャーとしても。

「この問題を解決できる場所は、今はあの稽古場しかないんです、鈴木さん!」

休憩前の気まずい空気を微妙に引きずったまま稽古は再開された。

恐らくすべての問題を把握しているはずなのに、演出家は怖いほど何も言わない。

（蓮治さんに全部任せてくれるってことね……）

紬が利人のほうを見ると、利人は控えめに微笑みながら頷いてくれた。紬も頷き返し、問題の場面の稽古を真剣に見守る。今は針を持つ手が止まってしまっているのも許してほしい、と思いながら。

龍ノ進ら日舞の踊り手たちが優雅に舞い踊ったあと、横並びの列が真ん中から割れ、蓮治が登場する。ここから何小節かはいよいよ問題の蓮治の独演だ。

と――場の空気が変わった。

今までの蓮治の踊りは、龍ノ進の言う通り、洋舞の動きを取り入れたものだった。その分彼の踊りには日舞とは別の種類の華やかさが生まれていた。基本的に膝を曲げた低い重心で踊る日舞とは違い、洋舞は大胆に跳んだり、背伸びの体勢が多かったりと、基本的に重心は高い。その分軽やかな印象にもなっていたのだ。

しかし――今の蓮治の踊りはどうだろうか。

重厚で、かつ美しい型にはまった動き。素人の紬から見ても、日舞として文句なしに本格的できれいだと感じる。

龍ノ進をはじめとした日舞の踊り手たちも口をあんぐりと開けて蓮治の踊りを見ているから、紬の抱いた感想は間違ってはいないのだろう。

蓮治は独演を完璧に演じ終えた。去り際までも、いつもの蓮治とは違って完璧に日本的な美しさがある。

そう、完璧だったのだ。文句のつけようがない。

――日舞としては。

稽古場にどこか戸惑ったような空気が流れる。龍ノ進までもが戸惑った顔をしている。

その表情は、言ってみれば「思っていた結果と違う」というものだった。

完璧な日舞を演じるべきだと思っていた役の、その役者が、まさに完璧な日舞を演じてみせた。

それなのに――「見たかったのはこれじゃない」という空気が場を満たしたのだ。

当の蓮治は涼しい顔で、龍ノ進を無視して演出家のほうを向く。

「先生。少し演じ方を変えてみましたが、いかがでしたか」

まるで自分の思いつきや気まぐれで変えてみた、と言わんばかりの傲慢な態度と口調だ。

「いかがでしたか」の言い方など、一見意見を仰いでいるようで、その実「この俺の演技の素晴らしさを評価してもいいぞ」と言外に告げている。

けれど紬にはわかる。これは蓮治なりの優しさなのだ。

龍ノ進の意見などではなく、蓮治本人の意思で演じ方を変えたことにしておけば、龍ノ進の立場を守ることができるから。

蓮治と付き合いの長いこの演出家は、蓮治のそんな面などひょっとしたら熟知しているのかもしれない。彼もまた蓮治同様に、涼しい顔で答えた。

「うん。つまらんな。この場面では別に完璧な日舞を見せたいわけじゃない。今のじゃお前がその役を演《や》る意味がなくなる。日舞の基礎が完璧に身についていて、なおかつそこに洋舞の要素を自然に融合させる、なんて高難度な荒技を難なくこなせる実力を持ったお前である意味がな。元の踊り方に戻してくれ」

「わかりました」

完璧な踊りをあっさりと却下されたにも拘わらず、蓮治の返事もまた涼しげだ。

どこまでが打ち合わせ済みのことなのか、それとも阿吽の呼吸で即興で行なったことなのか。

とにかく蓮治と演出家との間で行なわれたこの高度なやり取りに、稽古場にいる者たちは圧倒的な説得力をもってして納得させられざるを得なかった。

そうなのよ、と脳内のファン紬も目を輝かせる。

(先生の仰る通りなのよ。この役を蓮治さんが演じる意味はまさにそこにあるのよ！　子どもの頃からお父様に能のいろはを叩き込まれて育った蓮治さんが、日舞を完璧にこなせないわけないじゃない！　ああっそれを鈴木さんに言えないのがもどかしいっ！)

自分の役割は終えたとばかりに、蓮治はさっさと待機用の席に戻っていく。龍ノ進たちは呆然と立ち尽くしていたが、演出部の号令で次の場面の稽古に入ると告げられ、慌てて彼らも本人たちの待機場所に戻っていった。

紬は姿勢を低くしながら稽古場の中を蓮治の席まで移動し、こそっと彼に耳打ちする。

「さすが能の名門の出ですね」

家族とどんな確執があったとしても、身につけた技は彼自身の財産だ。そう思っての褒め言葉だったのに、当の蓮治は半眼で紬を睨んできた。

「能の技術を叩き込まれて育った奴がそう簡単に日舞を踊れるか」

「……へ？」

「能の仕舞と日本舞踊は似ているようでまったく違う。なまじ似ている部分がある分、洋舞と並行して学ぶより何倍も始末が悪いんだ。俺が研究生時代の二年間、能出身だと周りに悟られないよう、どれだけ苦労して日舞を身につけたと思ってる」

周囲に聞こえない低く小さい声で、耳もとでそう囁かれる。内容はともかくその声に腰砕けになりかけたが、鉄の精神力でもってそれに堪え、何とか内容のほうに必死で頭を稼働させた。

「……偉かったですね。よくがんばりました」

必死で頭を稼働させたものの、微妙に誤作動した。

そんなふうに言葉を返されると思っていなかったのだろう――何せ紬本人も自分でも驚きの言葉を発してしまった――、蓮治が目を丸くしてこちらを見上げてきた。青い瞳が稽古場の照明を受けてきらきらと輝いている。

紬は無性に、彼を抱き締めたくなった。

天才と呼ばれ、完璧な大スタアを演じる彼の、これもまた自分だけが知っている表情だ。にっこりと微笑み、彼の耳もとに告げる。

「蓮治さんはがんばっていますよ。私はわかってますからね。家に帰ったら、またたくさん褒めてあげます」

眼前では次の場面の稽古が始まっている。紬は腰を屈めたまま自分の席に戻り、針を手にする。

斜め後ろから見る蓮治の耳が少し赤くなっていることに、また愛しさがこみ上げた。

＊＊＊

鈴木龍ノ進と蓮治との諍いは、龍ノ進青年からの平身低頭の謝罪によって幕を下ろした。龍ノ進は己の無知を恥じ入る以上に、月城蓮治という役者に惚れ直したようだ。必死に頭を下げて謝りながらも、その瞳は蓮治への尊敬と憧憬に溢れ輝いていた。

ひょっとすると蓮治は、龍ノ進からのこの好意を最初から敏感に感じ取っていて、だからあんな対応をしたのかもしれないと紬は思う。他者からの攻撃的な感情に敏感で棘の仮面をかぶる彼だからこそ、その逆の感情にもまた然りなのかもしれない、と。真相は蓮治本人に飄々と躱されてしまったからわからないが。

そして公演のほうも恙なく全日程を終えることができ、無事に幕が下りた。

英吉利組の面々は大いに満足した様子で、蓮治のことを絶えず称えながら帰国していった。劇場側や後援者、出資者たちにも大満足の結果となった。同じ業界人たちや演劇贔屓たちからも、日本の演劇界がこれでまた一歩も二歩も前進する、と高い評価を得た。

衣装係とマネージャー代理という二足の草鞋を必死に履きこなした紬もまた、劇場側や関係者たちから大いに評価された。ある日梶山から劇場内の会議室に物々しく呼び出されたのだ。

「あなたの直属の上長として、まずはあたくしからあなたへ労いの言葉を掛けなきゃなりませんわね」

紬の母よりも少し若い、けれども実年齢よりも遙かに上の貫禄を身に纏う梶山は、そう言って紬を対面でじっと見つめた。普段ならその眼光に、どんなに小さな仕事の漏れや失敗であってもすべて見透かされている気がして、一瞬背筋が伸びる。けれどもその日の梶山の瞳には、本人の言葉通り、激務という荒波を乗り越えた舵取りである紬に対する労いが浮かんでいた。

「そしてこれだけの仕事には口先だけの評価のみならず、正当な対価が支払われなければいけません」

紬は思わず色めき立った。

「も、もしかして、それってお給金を少し増やしていただけたりとか……するんでしょうか？」

それは結婚しても自立した女性を目指し続けている紬には願ってもないことだ。

すると梶山は半ば呆れたように目を細めた。

「あなたも新時代の職業婦人たるもの、給金が上がる程度でそんなもじもじせずもっと堂々としておいでなさい。昇給だけじゃなく昇級が約束されるほどのことをやってのけたのですから」

尊敬する上長にぴしゃりとそう告げられ、紬は内心で密かに拳を突き上げた。詳細な辞令は追って言い渡されるらしいが、吉報とわかっている報せは待ち遠しくてたまらないものだ。

蓮治さんのお陰でまた一歩人生が切り開かれた、と心から思ったので、感謝の気持ちを込めてそれを本人に告げると、本人からは「何を言ってるんだ。お前自身の努力の成果でしかないだろ」と涼しい顔で褒められた。

そしてもうひとつ、喜ばしいことがあった。

蓮治の実弟である宗二郎氏から、蓮治宛に手紙が届いたのだ。

「……蓮治さんのあの日舞の場面が特に素晴らしかった、って書いてあるわ！　あの舞台、観てくださってたのよ！」

宗二郎からの手紙に目を落としたまま、紬は興奮して叫んだ。

ちなみに蓮治がどうしても自分で手紙を開くのが嫌だというので、紬が代読している最中である。当の蓮治はじっとりした目で疑わしげにこちらを見ている。

「本当に宗二郎からの手紙か、それ？　誰かに脅されて書かされたんじゃないか」

「もう、弟さんをどこまで信用してないのよ。ほら見て、ここ。『父上と母上の子として生まれた兄さんが、洋の東西の懸け橋となる役を演じられたことはとても意義深く、僕個人としましても大変感銘を受けました』って」

「いい、いいから見せてくるな」

口ではそう言って大きく腕を振る蓮治はしかし、その瞳に僅かな安堵の色を浮かべていた。これをきっかけに兄弟仲が修復できるかどうかはわからないが、ほんの少しでも、その距離が元通りになる助けになったと思っていいのではないだろうか。

しかし浮かれてばかりもいられない。蓮治のマネージャーである竹田はいまだ自宅療養中なのだ。復帰がいつになるかはまだわからない。今は紬も蓮治も休暇中だからまだいいが、場合によっては次の公演をどう切り抜けるかも考え始めなければならない。

そんなことを考えながら、紬は蓮治と連れ立って竹田の自宅へとお見舞いに赴いた。竹田は短い距離であれば杖をつきながら歩けるようになっていて、奥方に付き添われながら紬たちを玄関まで出迎えてくれた。もう少し骨がしっかり癒合したら本格的に歩行練習も始めるのだそうだ。

客間に通され、竹田と向かい合わせで腰を下ろす。奥方はお茶とお菓子を出してくれた後、別の部屋から聞こえてきた赤ん坊の泣き声に飛んで行った。

「半年前に生まれたばかりの娘です」

帝国軍人のような屈強な体を縮めるようにして、竹田ははにかんだ笑みを浮かべた。

蓮治は泣き声のしたほうを見る。

「そうか。あの生まれたてだった赤ん坊がもうそんなになるか」

「ああ、早いものでな」

竹田はそう言うと、紬のほうに体を向けて姿勢を正した。

「紬さん。このたびは自分の不始末が原因で多大なご迷惑をお掛けしましたこと、お詫びのしようもありません。本当に申し訳ありません」

そう言って深々と頭を下げてくるので、紬は慌てて両手を顔の前でぶんぶんと振る。

「そんな、今回のことは誰も悪くなんてありませんから！　竹田さんだって怪我で大変な思いをされて……それに私、とてもいい経験をさせていただきました。確かに目が回るほど忙しかったけれど、それも楽しいと思えるほど充実した時間でした」

それに、と両手の拳を握ってさらに言い募る。

「私、もともと何かを管理したり手配したりするのがまったく苦にならないたちなんです。そもそも蓮治さんに関する仕事なら何でも喜んでやりたいですし、何をやっても楽しいですし、だから本当にまったく申し訳なく思っていただくようなことじゃないんです！」

とにかく竹田を安心させたくて必死に告げる。これが紛れもない本心なのだとわかってもらえさえすれば、竹田はこの件に関して負い目のようなものも感じなくて済むだろう。

なぜ蓮治が隣で片手で顔を覆い、耳を赤くして俯いているのかはよくわからないが。

竹田がまだ申し訳なさそうに硬い表情を崩さないので、紬は、これを正規のマネージャーである竹田に言うのはどうかと一瞬迷いつつも、彼の心が少しでも軽くなるならと思い、そのまま告げることにした。

「私、正直申し上げまして――一仕事終えてみて、蓮治さんのマネージャーに向いてるかもしれない、なんて思っていたところなんです！　それくらい楽しくお仕事させていただきましたので、だから本当に頭を下げていただく必要なんてどこにも――」

そのまま続けようとして、紬は思わず言葉を止めた。

竹田が何だか呆けたような表情でこちらを見ているのだ。

「……それは本当ですか？　紬さん」

さすがに聞き咎められてしまったかな、と紬は慌てる。

「いいいいいえ、今のはさすがに過言でした！　マネージャーさんの前で私ごときがあれしきのことでマネージャーの仕事をわかったような物言いを！」

「ああ、違うんです。そういう意味ではなくて」

竹田は顎に手を当て、じっと何かを考えている。

紬は口から心臓が飛び出そうになりながら言葉の続きを待つ。

ほどなく、彼は再び顔を上げて紬の顔を正面からじっと見つめ、告げてきた。

「紬さん。ひとつ、ご提案があります」

「……？　はい、何でしょう？」

紬が首を傾げると、竹田は真剣な表情で一度蓮治を見、そして再び紬を見た。

「これから先――蓮治の正式なマネージャーになる気はありませんか」

――一瞬、何を言われたのかわからなかった。

隣の蓮治を見る。蓮治はどこか他人事のような表情で、腕組みしたまま卓の上の湯呑みを見つめている。何も言わない。

竹田の顔を見る。彼は紬から視線を外さず、じっと真剣にこちらを見つめている。

「……あの」

空気が漏れるような情けない声が出た。

「わ、わた……私、衣装係なんですけど……」

普段ならば蓮治に関することなら高速で回転する頭が、まったく処理能力を失っている。

それもそのはずだ。

これは外でもない――紬自身の人生に関わることだから。

「私、衣装制作が好きで……蓮治さんの衣装を一着でも任されるようになって、本当に喜びと、やりがいを感じているところで」

頭で考えるより先に、呼吸のように次々と言葉が漏れる。

それは紬自身も今まではっきりと言葉にしたことのなかった、紬の本心に他ならなかった。

「これから先も……蓮治さんの衣装を、一着でも多く作っていきたいって、そう、思っていたところで……」

竹田はじっと紬の言葉を聞いている。蓮治もだ。

――人間というものは、一度手に入れたものを手放すのを、殊の外難しく感じる生き物だ。

日頃使う日用品や、着るものに関してもそうだ。あまり気に入ってないなと思っているものでも、捨てるのも何だかもったいない気がして使い続けてしまう。他人からもらったものは、その物が何であってもまるで家宝のように大事に持ち続けてしまう。

そして人間というものは、厄介なことに、いざ手放す局面になってみると、今自分が持っているものが二度と手に入らないお宝であるような気がしてしまうのだ。

それが当たり前なのだ。人間なのだから。

たとえそれが、手放しさえすれば、今よりももっと大きく、もっと貴重で、――もっと自分が心の底で望んでいた宝物と交換できるようなものであっても。

「ですから、その……今すぐに、お返事することは……」

――だから今、紬の両目から大粒の涙がぼろぼろと溢れていることも、人間として当然のことなのだ。

本当は心の奥底で、新しい世界に飛び込んでみたい、もっと先へ進んだ自分になりたいと思っているのだとしても。

（……蓮治さんの支えになれるならどんな形でもいい。そして――自分の得意なことを活かして活躍できるなら、自分の人生を自分で切り開いていくことができるなら、どんな形でもいい）

それは紛れもない本心だ。

衣装係であっても、そしてマネージャーであっても、紬は自分の能力を思う存分発揮して活躍できる。どちらであっても仕事は楽しく、充実していて、そして蓮治の傍で蓮治の役に立てるだろう。

どちらを選んでも紬の人生は明るく開けている。

ただし――二つのうち、必ずどちらかを諦めなければならない。

それっきり、紬は言葉を継げなくなってしまった。ここが限界だと蓮治も悟ったのだろう、紬の肩を抱き寄せ、泣き顔を竹田から隠すように抱き締めてくれる。

竹田はじっと押し黙っていたが、やがて大きく息を吐いた。

「……すみません。突然すぎましたね」

紬は首を横に振る。竹田の怪我が思っていた以上に重く、次の公演の稽古開始日までに回復するのが難しそうだということは本人に会ってわかっていたのだ。心のどこかで、誰か別の人間が蓮治のマネージャーを務めなければならないことは薄々悟っていた。

そして紬の本心が――それを自分以外の他人に任せたくなどない、と強固に思っていることも。

「……これを言うと紬さんを更に追い詰めてしまうかもしれませんが、僕の事情や本心を伏せたままでは誠実さに欠けると思うので、正直に話します」

竹田がそう言うと、蓮治は頷いた。蓮治の肩口に顔を埋めている紬からは見えなかったが、何か目配せでもしたのかもしれない。蓮治は竹田が正直に話すべきだと考えているようだ。

　そうでなくても紬にとっても、竹田の話は聞くべきだと感じられた。促すように黙っていると、竹田が先を続ける。

「僕は蓮治の初舞台の時から、専属マネージャーとして傍にいました。もちろん家の事情もすべて把握しています。蓮治の振る舞いはマネージャー泣かせで僕も散々苦労させられましたが――僕は蓮治の才能に、舞台上で輝く姿に惚れ込んでいましたから、ここまで二人三脚で様々な困難を乗り越えてきたことは僕の誇りであり、僕の人生の財産です」

　ただ、と竹田の声音が少し沈んだ。

「……僕が自分の人生を生きるには、あまりにも忙しすぎました。学生時代からの交際相手と結婚し――今の家内です――守るべきものができたのに、僕はあまり家庭を顧みることができなかった。彼女はそれを承知で僕と結婚し、文句ひとつ言わず献身的に支えてくれました。半年前に娘が生まれてからも、子育ては任せっきりで……僕は娘が起きている時間にあまり家にいた記憶がありません。娘の顔を思い浮かべようとしても、目を閉じた顔しか思い出せなかったくらいで」

　蓮治がわずかに居心地悪そうに身じろぎした。竹田が多忙を極めていたのは確かに多忙極める蓮治についていたからだが、それは蓮治のせいではない。無論のこと竹田のせいでもない。誰のせいでもないことで辛い思いをしていたのかと思うと、切なさで胸が痛む。

「でも、今回事故に遭ったことで――地獄に仏とはこのことでしょうか。仕事に行けない無力感や怪我の痛みに耐えながらも、僕は毎日幸せだったんです。家内と一緒に、娘の成長を日々見守ることができたから」

竹田は少し涙ぐんでいるのか、洟を啜るような声でそう言った。

さっきまで泣いていた赤子の声は止んで、今はかすかに奥方の子守唄が聞こえてくる。

穏やかで、何にも代えがたい時間だ。

光陰矢のごとしというが、幼子であればそれはなおさらだろう。幼い瞬間は一生に一度きりしかない。見守ることを諦めるにはあまりにも惜しい、輝かしい時間だ。

「これは蓮治本人とも、家内とも何度も話し合ったことですが――僕は近々劇場に、配置換えを申し出るつもりです」

竹田は穏やかに、しかし覚悟を決めた声音でそう告げた。

「これからは内勤の部署で、今までとは違う形で蓮治のことを支えられればと思っています。給金は今の半分以下になるでしょうが、慎ましくても家族三人、一緒にいられる時間が手に入るなら」

蓮治のマネージャーの席はいずれにしても空きます、と、竹田は静かにそう締めくくった。


その夜、いつものように蓮治と食卓に向かい合って座り、熱い茶を飲みながら、紬はぼんやりと呟いた。

「……梶山さんが言ってた辞令って、このことだったのね……」

いつでもはっきりとものを言う彼女にしては、辞令に関してはなぜか奥歯にものが挟まったような物言いだったのだ。

「竹田さんはついさっき思いついたみたいな言い方だったけど、蓮治さんのことだもの、大方先に根回ししてたんでしょ」

「よくわかったな。お前が受ける受けないはひとまず置いておいて、打診するにしてもとりあえずは現行の上長の許可は必要だろう」

当然とばかりに蓮治が言う。紬は思わず嘆息した。一見、紬の逃げ場を先に塞いでおく横暴なやり方にも見えるが、最終判断は紬に任せてくれている。正式な辞令は後日下る、ということは、紬が蓮治に対して「やっぱり衣装部での仕事を続けたい」と言えば、恐らくはマネージャーの件は最初からなかったことになり、衣装部内での昇級という形で辞令が下ることになるのだろう。

蓮治は湯呑みを茶托の上で片手で包むように持ったまま、水面を見つめながら続けた。

「お前はどうしたいんだ、紬」

問われて、紬も思わず自分の湯呑みの中で揺れる水面を見つめる。

――結婚の条件のひとつとして「経験と実績を積んで、早く見習いから正式な衣装係になれ」と言っていた蓮治が、己の出した条件を曲げてまで、紬の行く先の選択を紬自身に委ねてくれている。

（私が、本当にやりたいことは……）

月城蓮治という俳優に出会ってからは、雷に打たれたように衝動に突き動かされて駆け抜けてきた人生だった。

紬の人生の大事な局面には、いつも蓮治がいる。

それならば——蓮治を抜きにした、時村紬という一人の人間としてはどうだろうか。

蓮治が一番輝く衣装を作りたいのも、蓮治の仕事を傍で支えたいのも、ひいては蓮治が関わる舞台作品の公演を大成功に導きたいからだ。新帝國劇場で働く人々は皆、大きな川の流れを造る水滴の一粒一粒だ。紬だって、何なら蓮治だってその水滴のひとつなのだ。一粒の水滴だけでは流れは成り立たない。皆が集まって、同じ方向を向いて手を取り合って、全員で努力して、それでやっとひとつの大きな流れは完成する。

その流れの一部であることが、紬にとっては何よりの喜びなのだ。

でもその流れの中に、蓮治もいないと嫌だ。蓮治なしの人生はもう考えられない。

なぜなら彼は、人生の指標だから。

紬の原動力であり、努力の源であり、紬が輝ける理由だから。

推しがこんなにがんばっているのだから、私だってもっともっとがんばろう、推しに恥じないファンでいよう——そんな単純なことが、紬の人生を何倍にも輝かせてくれる。

（私が——本当にやりたいことは——）

紬は顔を上げた。視線を揺れる水面から、いつの間にかこちらを見つめていた蓮治へと向ける。

「――蓮治さん。私がやりたいことは、ずっとひとつです。どんな形でもいい、俳優月城蓮治の役に立ちたい」

もう涙は出ない。胸の中はとても熱く燃えている。

これは喪失の痛みや悲しみではない。

これからもっと自分の人生が開けていく、その予感による昂揚だ。

まるで舞台上の蓮治に一目惚れした、少女だったあの日の自分のように。

「舞台上で一等輝く月城蓮治の姿を見ることが、何よりも私の喜びです。それはこれまでも、この先も変わりません！」

少し分かれ道で迷うくらいが何だ。道の先が暗闇や靄に包まれているように見えて足が竦むくらいが何だ。もう何も怖くはない。

どんなに夜が暗くても、煌々と降り注ぐ月明かりに照らされて、自分が歩き続けていくその後ろに――道はできるのだから。

＊＊＊

――新帝國劇場では今日も絢爛豪華な公演が打たれている。

怒濤の稽古期間から本番を迎え、いよいよ千秋楽まで秒読みというこの時期、以前ならば詩子にとっては友人と息抜きにカフェーに寄ってから寮に帰るのが習慣だった。友人が結婚を機に寮を出てしまって久しい今となっては、「あの頃は我ながら体力があったな」と思う。近頃は公演期間中の退勤後は、まっすぐに寮に帰るばかりだ。

しかし今日は珍しく、その友人が「久しぶりに帰りのお茶に付き合って！」と誘ってくれた。先頃部署異動したばかりの彼女は、以前よりもさらに輪をかけて多忙を極めているようだ。いい加減息抜きが必要な頃だろうな、とは詩子も思っていた。

二人にとってはお馴染みの、夜中まで営業しているカフェーで待ち合わせる。先に退勤した詩子が珈琲を飲みながら待っていると、ほどなくして友人もやってきた。

「お待たせー！」

きりっとした洋装のスカート・スーツに身を包んだ友人、紬がばたばたと駆け寄ってくる。以前は和装だった彼女は、部署異動の際に心機一転、仕事で着るものを替えたのだ。詩子はその勢いのまま彼女が髪まで切るのではないかと思っていたが、その踏ん切りはまだつかないようだ。

しっとりと汗に濡れた長い髪を振り乱しながら、紬は席に着いた。

「今日も疲れたー！　走り回ったー！　第二幕第八場の蓮治さん今日も尊かったー‼」

「お疲れさま。月城蓮治のマネージャーも板に付いてきたじゃないの」

まあね、と紬は得意げに笑う。

女給に珈琲と焼き菓子を注文し、改めて大きく息をつく彼女に、詩子もまた笑った。

「それにしても、あんたがあんなに潔く衣装部を辞めるなんてね。せっかく『推し活』時代の経験を活かして楽しく働けてたのに、よく決心したじゃない」

するとは目を瞬かせた。

「あら、今だってそうよ」

「でも衣装部の仕事、あんなに好きで熱心にがんばってたじゃないの。あたし、自分のことじゃないのに、ちょっと寂しくなっちゃったわよ」

詩子の口から本音がこぼれ落ちる。紬が衣装部でどんなに奮闘していたか、詩子はずっと傍で見ていたのだ。

すると紬は両手をぶんぶんと顔の前で振る。

「それが逆なのよ、逆。マネージャーになったら前よりも蓮治さんの待遇に口を出すことができるようになったの。もちろん衣装のことも！」

紬は目をきらきらと輝かせながら続ける。

「前みたいに現場で衣装制作はできないけど、企画の段階で思う存分意見を出せるようになったのよ。なんとあの梶山さんとも対等に打ち合わせしてるんだから」

「うそ。あのお局様と!?」

「それがね、いざ向かい合って話してみると、梶山さんって人よりちょっとこだわりが強くてとっつきにくいだけで、かわいいところもあるんだから」

詩子は感心して思わず息を吐いた。

「とんでもない世界で生きる人になったわね、あんた……」

「そうでしょ。私もそう思う。それでね、前よりももっと蓮治さんを素敵に見せられる衣装を提案したり、床山さんや化粧係さんとも連携したり、とにかく蓮治さんのためになることを前よりも何倍もたくさんできるようになったのよ！　推しをもっと輝かせられるわけよ！　ファン冥利に尽きるわ！」

「崇高なファン心ってわけねぇ……」

「その通り!!」

立ち上がって拳を突き上げんばかりの勢いで語る紬は、誰よりも楽しそうで、誰よりも輝いて見える。

詩子は珈琲を一口飲み、思わず嘆息した。

「いいなぁ。私もそんなふうに何かに夢中になってみたいわ」

「？　あなたもつくればいいじゃない、推し」

「あのね。誰も彼もがあんたみたいに、ひとつのことに情熱を傾けられるわけじゃないの。それって一種の才能なのよ、わかってる？」

「え、そうなの？」

「そうよ」

詩子は言って、目の前の誇らしい友人に微笑みかけた。

「私、活力に溢れたあんたを見てると、自分も元気が湧いてくる感じがする。もしかして、これも『推す』ってことなのかしらね」

「……。詩子、ただのイチ贔屓筋の私には『推し』の立場は重いわ」

「わかってるわよ！　冗談よ、冗談」

すっかり昔に戻ったような心地で、二人は笑い合った。


「ただいま帰りましたー……」

最終電車に飛び乗り、乃木坂の自宅に戻った紬は、小声でそう呟きつつこっそりと居間の扉を開いた。

万が一、中にいる人が既に寝室で寝入っていたらと気遣ってのことだったが、当の本人はいつも通りぱっちりと目覚めたままで居間の長椅子に腰掛けていた。

「おかえり」

迎えてくれたその人は、明らかに何か言いたいことがあるが言うのを我慢している、という顔だ。大方、「明日は休演日だし、激務の息抜きに久しぶりに友人と夜中のお茶をして帰りたい」とねだる妻を快く送り出した手前、文句が言いたくても言えないというところだろうか。

いくら明日が休演日とはいえ、今日の疲れは今日の疲れ、今日の眠気は今日の眠気だ。今すぐ寝たい、とその美しい顔にははっきりと書かれていた。

紬は申し訳なさ半分、愛しさ半分で思わずくすりと笑い、自分を待ち侘びていた夫のもとへ駆け寄る。

「遅くなってごめんなさい」

「楽しかったか？」

「ええ、そりゃもう！」

「なら何を謝ることがある」

そう言って蓮治は立ち上がり、眠い目をこすりながら紬の手を引く。

「ほら。寝るぞ」

「え？　私まだ外出着だし、お風呂もまだ――」

「いい。待てない。眠すぎる」

「よくないわよ、汗もかいてるし汚いもの！」

紬は慌てて抵抗するが、蓮治はその抵抗を押さえ込むように肩を抱いてきた。例の親分子分の恰好だ。

「汚くないし、お前の汗の匂いは好きだ」

「ちょっとぉぉ!?　やめてちょうだいよ変態!!」

蓮治から体を引き剥がすために腕を突っ張ろうと努力するも虚しく、蓮治はやはり軽々と紬を寝室へ引っぱっていく。

「お前、俺の汗をどう思う」

「……え？　飛び散る一粒すら宝石のように煌めき美しく芳しい至高の宝だと思ってますけど」

「ほらな」

何が「ほらな」なのかがまったくわからず釈然としないまま、結局紬はスカート・スーツの上着を脱いだだけの状態で布団に寝かしつけられてしまう。

隣に潜り込んだ蓮治が、心地好い寝床を探す猫のようにもぞもぞと動き、いつもの定位置に落ち着いて目を閉じる。紬の肩口に顔を埋める恰好だ。

そんなに眠かったなら無理せず先に布団に入っていればよかったのに、と紬などは思ってしまうが、布団に入って目を閉じれば難なく眠れる紬と違って、蓮治にはそれができないのだ。真夜中、体を無為に横たえている状態で時間だけが過ぎていく――それも毎晩、何年も。頭の中では悪夢のように、過去の記憶が駆け巡って彼を苦しめてきたのだろう。その辛さ、苦しさは想像を絶する。

紬は手を伸ばし、彼の黒い髪を梳いた。

「……私、これからは仕事以外で夜遅くに帰るのやめるわ」

「それはだめだ」

すっかり眠っていると思っていたのに返事が返ってきて、紬は内心跳び上がった。

とはいえ半分寝入っているのだろう、いつもよりも舌足らずな様子で彼は続けてくる。

「お前が楽しそうにしていないと、俺は、嫌だ」

紬は思わず笑ってしまい、彼の髪を梳いていた手でそのまま彼を抱き締めた。

「ねぇ、誠一郎さん。どうして私の傍だと眠れるの？」

返答があるとは期待しないまま、紬はそう問うてみる。彼がもう眠ってしまったのなら
それでもいい、と思いながら。

するとさっきよりもさらに舌足らずに、彼は囁いた。

きっと明日の朝になれば、こんな会話をしたことすらも、彼は覚えてはいないだろう。

「安心できるんだ。お前は……ずっと、ずっと、俺の味方でいてくれたから……」

——新帝國劇場には、今日も輝く夢が花開いている。

本作は書き下ろしです。
本作品はフィクションです。実際の人物や団体、地域とは一切関係ありません。

四段式狂気《よんたんしききょうき》
二宮敦人
Atsuto Ninomiya
続々重版の
《既刊発掘シリーズ》
第6弾!
何重にも仕掛けられた罠
狂気のどんでん返し
必ず4度騙される、驚愕のミステリホラー!
イラスト:大前壽生
TO文庫

殺人鬼《サイコパ》狩り

二宮敦人
Atsuto Ninomiya

初文庫化!

殺人鬼同士の殺し合い

規格外の結末

血濡れの狂気に震える、壮絶サバイバルホラー!

イラスト：大前壽生　TO文庫

TO文庫

お衣装係の推し事浪漫

2023年8月1日　第1刷発行

著　者　沙川りさ

発行者　本田武市

発行所　TOブックス
〒150-0002 東京都渋谷区渋谷三丁目1番1号
PMO渋谷II　11階
電話 0120-933-772(営業フリーダイヤル)
FAX 050-3156-0508

フォーマットデザイン　金澤浩二
本文データ製作　TOブックスデザイン室
印刷・製本　中央精版印刷株式会社

Printed in Japan ISBN978-4-86699-907-4